네가 다시 제주였으면 좋겠어

그림으로
남긴
순간들

네가 다시 제주였으면 좋겠어

글 · 그림 리모 김현길

상상출판

이유도 없이 나는 섬으로 가네

언제부터였을까.

한 달이 멀다 하고 그 섬에 가는 비행기를 타기 시작한 것이.

학부생 시절이던 2007년 봄이었다. 우연히 캠퍼스 건물 벽에 붙어
있던 포스터 한 장을 보았다. 총학생회에서 인문학 프로그램을 모집
중이라고 했다. 저렴하게 제주도 여행을 할 수 있다는 말에 혹하여
지원을 했더니 운 좋게도 덜컥 선발이 되어버렸다. 봄의 제주라니.
부드러운 바람과 노란 유채꽃 물결 가득했던 여행은 그렇게 우연히
시작되었다.

30여 명의 참가자로 구성된 그 프로그램은 '4·3 역사기행'이었다.
배움이 있는 여행이라 일정은 빡빡했다. 볼록한 배와 대추같이 붉은
얼굴이 귀여웠던 삼춘°께서 가이드를 맡아주셨는데, 젊은 시절 말테

우리°였다는 그는 우리를 섬의 이곳저곳으로 부지런히 데리고 다녔다. 힘든 언덕길에 투정이 나오기도 했지만, 발아래에 펼쳐진 제주의 자연이 모든 것을 보상해주었다. 삼춘이 우리에게 보여준 황홀한 풍경들은 지금껏 내가 알고 있던 섬의 모습이 아니었다. 돌이켜 생각해보니 그때는 생경했던 그곳들이 지금 우리가 즐겨 찾는 중산간의 오름들이었다.

제주도를 향한 짝사랑이 그때 시작되었다. 섬의 구석구석을 더 알고 싶어 틈만 나면 특가로 나온 저렴한 항공권을 검색했다. 하나의 여행이 끝나면 곧바로 다음 여행을 준비했다. 나조차 즐거워하는 내

○ **삼춘**: 제주에서 남녀를 불문하고 먼 친척어른은 물론 이웃의 윗사람까지 지칭하는 단어
○ **말테우리**: '말몰이꾼'의 제주 방언

프롤로그

모습이 낯설게 느껴질 정도였다. 섬의 다양한 표정을 알아가는 과정이 내게 행복이 되었다. 그 순간을 더욱 선명하게 기억하기 위해 스케치북을 펼치게 된 것은 여행 드로잉 작가로서 어쩌면 너무나 자연스러운 일이었다. 지금도 때로는 휴식을 위해 글을 쓰고 그림을 그리기 위해 섬을 찾는다. 제주도는 공기의 성분이 다르기라도 한 걸까. 육지에서는 잘 쓰이지 않던 원고가 섬 안에서는 술술 풀리는 신기한 경험을 여러 번 했다.

앞으로의 제주 여행을 생각한다. 일회성으로 소비되는 관광지라고 생각했다면 이 섬을 이렇게 오래 사랑할 수 없었을 것이다. 명소를 순회하던 굴레에서 벗어나 로컬에 스며드는 여행을 꿈꾼다. 이것이 아름다운 이야기들이 알알이 맺힌 제주의 작은 마을들을 다시 바라보고자 하는 이유다.

오래 머무는 여행, 깊게 들여다보는 여행을 지향한다.
그 수단으로의 그림 여행을 권한다.

contents

1장   반짝이는 동쪽 마을

2장 원도심과 동지역

4장   다정한 중산간 마을

여행을
위한
준비물

연필

제주도 풍경은 펜보다 느낌이 부드러운 연필 스케치를 선호한다. 최근에는 심을 교체하며 반영구적으로 쓸 수 있는 홀더 펜슬을 즐겨 사용하고 있다. 연필심의 경도가 너무 무르면, 그려놓은 라인이 뭉개지는 현상이 발생할 수 있어 B 정도의 연필심을 선호한다. 홀더 펜슬도 심의 경도가 2H에서 4B까지 다양하게 나와 있는데, 제도용으로 출시되어 일반 연필보다 심이 단단한 편이라 4B 홀더심을 사용하고 있다.

펜, 만년필

건속성, 내수성이 뛰어난 펜을 쓰는 것이 좋다. 건속성이란 종이 위에 긋자마자 빠르게 건조되는 성질을 말하며, 내수성이 좋은 펜은 마른 뒤 수채물감 등으로 채색 시 번지지 않는다. 스테들러사의 피그

스테들러 마쓰 780C 홀더 펜슬

스테들러 만년필 TRX 476

스테들러 피그먼트라이너 0.3mm

틴토레토 1326번 콜린스키 12호

틴토레토 1337번 몹브러시 6호

스테들러 라소플라스트 지우개

닥터마틴 블러드그룹 화이트 잉크

Hansa Yellow Medium

New Gamboge

Pyrrol Orange

Pyrrol Red

Quinacridone Red

Cabazole Violet

French Ultramarine

Phthalo Blue

Cobalt Blue

Cerulean Blue

Cobalt Turquoise

Viridian

Hooker's Green

Sap Green

Yellow Ochre

Burnt Sienna

Burnt Umber

Payne's Grey

여행을 위한 준비물

먼트라이너가 대표적이며, 여행 중에는 주로 0.3mm의 펜을 사용했다. 만년필을 사용하는 경우에는 누들러 잉크, 플래티넘 카본 잉크와 같이 내수성이 뛰어난 잉크를 사용해야 번짐을 막을 수 있다.

붓

몸통을 분리하여 결합하는 방식으로 붓모를 보관할 수 있는 여행용 붓들이 많이 출시되어 있다. 즐겨 쓰는 브랜드는 이탈리아에서 생산된 틴토레토Tintoretto다. 여행 중에는 보통 A4 크기 내외로 그림을 많이 그리게 되는데, 1326번 콜린스키 12호와 1337번 휴대용 몹브러시 6호 이렇게 두 자루의 붓을 주로 사용하고 있다.

수채물감

18색의 수채물감을 틴케이스 팔레트에 넣어 휴대하고 있다. 물감을 짜 넣을 수 있는 작은 플라스틱케이스를 팬Pan이라 하는데, 큰 것은 풀 팬Full-Pan, 작은 것은 하프 팬Half-Pan으로 불린다. 공간 활용을 위해 사용량이 많은 컬러는 풀 팬에 비교적 적게 사용되는 것은 하프 팬에 넣었다.

위에 기술된 컬러들은 대부분 미국 브랜드인 다니엘스미스 수채물감이며, 제주도 바다색을 내기 위한 코발트 터콰이즈Cobalt Turquoise는 독일의 쉬민케 물감으로 구성했다.

스케치북

여행용으로는 수채화 전용지로 이루어진 양장 형태의 스케치북을 선호한다. 다양한 수채 표현을 위해서는 종이 두께가 300g/㎡인 것이 좋으나, 간결하게 그릴 때는 200g/㎡ 내외의 가벼운 종이도 즐겨 쓰고 있다.

그 외의 장비

어반스케치용 화판이나 전용 가방 등 밖에서 그리는 이들을 위한 전문 장비가 시장에 다양하게 나와 있다. 여러 제품 중 야외에서 그리는 분들을 위해 딱 하나만 추천하자면 그것은 바로 '의자'가 아닐까 싶다. 휴대성이 관건이므로 무게가 가볍고, 접었을 때 부피가 작은 제품이 좋다.

아르쉬 트래블북 A5 중목 300g

아트스퀘어 프리미엄 워터칼라북
백색 중목 200g A6

찰리화판

헬리녹스 체어원

펜탈릭 아쿠아저널, 5x8 인치

1장

반짝이는 동쪽 마을

봄비 내리는 날의 추억

제주시 조천읍 신촌리

비 오는 신촌리의 풍경

창문을 두드리는 빗소리에 잠에서 깼다. 침대 옆의 젖혀진 커튼 너머로 밤새 내린 봄비에 젖은 까만 들판이 보였다. 심술궂은 표정의 하늘을 보아하니 종일 비가 올 것 같았다. 아무래도 멀리 돌아다니는 것은 무리겠구나. 숙소 근처로 가볍게 동네 산책을 하기로 마음먹었다.

작은 포구는 파도의 하얀 포말과 거친 바람의 목소리로 가득했다.

우산이 부러질 것이 겁이나 얼른 골목 안으로 숨어들었더니 마을 안쪽은 거짓말처럼 고요했다. 비로소 주위를 둘러볼 여유가 생겼다. 마을은 여행자에게 숨 돌릴 틈을 주었다. 비에 젖어 짙은 색을 띤 돌담과 그에 반해 더욱 화사하게 느껴지는 샛노란 유채꽃의 대비가 눈을 즐겁게 했다.

신촌리는 제주시의 동쪽 조천읍으로 넘어올 때 가장 먼저 만나게 되는 마을이다. 구제주 중심가에서 자동차로 30여 분이면 도착할 수 있는 가까운 곳이니, 일정이 여유롭다면 제주시 삼양동에서 이곳으로 이어지는 '신촌 가는 옛길'이라는 호젓한 이름의 농로를 걸어보는 것도 좋다.

신촌리는 마을을 관통하는 신북로를 중심으로 개발이 진행되었다. 도로 주변에서는 옛 모습을 찾아보기 쉽지 않지만 해안 쪽으로는 오랜 시간의 더께가 비교적 잘 보존되어 있었다. 옛것 속에 새로움이 깃들어 있는 묘한 매력이 넘치는 골목들을 걸었다. 차가운 비에 신발은 축축이 젖어들었지만, 골목 속의 따뜻한 풍경들이 작은 위로가 되어주었다.

따뜻한 커피 생각이 간절해 포구 근처의 카페로 들어갔다. 비 내리는 신촌리의 풍경을 종이에 담는 동안 음악처럼 들려오던 빗소리가 좋았다. 여행하기 좋은 날씨는 분명 아니었지만, 그림이라는 방법을 통해 신촌리를 느리고 깊게 바라볼 수 있어 다행이었다.

한 장의 그림을 그리며 젖은 어깨를 말렸다.
흐린 날의 추억 하나가 그렇게 종이 위에 남았다.

닭머르

냠냠제주 @yumyumjeju
제주도 농산물로 만든
수제 잼 전문점
제주시 조천읍 신조로 121

비 오는 날의 숲 @rainydaysforest
비건이 아닌 사람도
맛있게 즐길 수 있는 비건 전문 식당
제주시 조천읍 신촌북3길 1

아끈식당 @yeona___」
테이블이 딱 세 개뿐인
바닷가의 작은 파스타 가게
제주시 조천읍 신촌북2길 31-3

동카름
매콤한 낙지볶음 전문점
매운 맛이 부담스러운 사람은 주문 시
'덜 맵게' 해달라고 요청할 것
제주시 조천읍 신촌9길 40-3

카페다 @cafeda.jeju
신촌포구 인근의 로스터리 카페
2층 창가에서 마을이 훤히 보이는
드로잉 포인트
제주시 조천읍 신촌북3길 4-7

토브집 @tov.ceramic
도예가 사장님이 운영하는
복층 구조의 깔끔한 펜션
제주시 조천읍 신촌10길 20-5

신촌덕인당
제주도산 보리로 만든
토속적인 보리빵 전문점
제주시 조천읍 신북로 36

신촌향사
조선 후기 신촌리 지역의 공무를 처리하던 곳
제주도에서 드문 기와집을 볼 수 있다
제주시 조천읍 신촌5길 27

머무는 여행의 출발점

제주시 조천읍 조천리

조천리를 떠올려본다. 아름다운 해안로를 걸으며 들었던 파도 소리가 가장 먼저 내 귓가를 파고든다. 조천리는 신촌리 바로 옆에 이웃하고 있는데, 같은 바다를 바라보고 있는 두 마을이 몇 개의 작은 갯바위로 이어져 있다. 그 바위들은 누군가 쌓아놓은 좁은 돌길로 연결되어 바다를 양옆에 두고 걸을 수 있는 훌륭한 산책로가 된다. 이 길은 물이 가득한 만조 시기에 걷는 것이 좋다. 바람이 고요한 날이면 잔잔한 수면에 비친 하늘 위를 걷는 신비로움을 느낄 수 있다.

이곳의 가옥들은 놀라울 정도로 바다 가까이에 지어졌다. 집 안에서도 돌담에 파도 닿는 소리가 들렸다. 어떤 집들은 주 출입문 이외에 바다 방향으로 작은 샛문을 따로 만들었는데, 그 앞에 마치 자가용처럼 작은 보트를 하나씩 정박해놓은 풍경이 재밌다.

조천리는 일제강점기인 1927년에 제주항이 만들어지기 전, 섬과 육지를 잇는 관문 역할을 담당했다. 당시 육지에서 오는 사람과 물자는 대부분 조천포구와 인근의 화북포구로 들어왔다고 전해진다. 그 결과 인구의 증가로 거주지역이 확장되며 바다와 가까운 갯바위 위까지 가옥이 들어서게 되었다. 이것이 지금처럼 바다 가까이 다가서 있는 마을의 모습을 만든 원인 중 하나였다.

제주는 화산 암반으로 이루어진 섬이다. 빗물이 땅속으로 스며들기 때문에 지표면에서 물을 구하기가 쉽지 않다. 제주도에 사시사철 흐르는 하천이 많지 않은 이유도 이것 때문이다. 지하로 스며든 빗물은 암석이나 지층의 틈새를 흐르다가 해안가에 이르러 지표로 솟아오른다. 이를 용천수라 부른다. 마을이 형성되기 위해서는 물을 쉽게 얻을 수 있어야만 했으므로, 제주도의 전통적인 마을들은 용천수가 솟아나는 해안가에 주로 형성되었다.

해안가의 용천수들

그중에서도 특히 조천리는 물이 많이 나는 마을로 유명했다. 예로부터 이곳에는 '물 나는디 사름덜 난다(물 나오는 곳에 사람들이 난다)'라는 말이 전해지며, 마을 안에 자그마치 30여 개의 용천수가 남아 있는 것으로 조사되었다. 2018년부터 2년간 23곳을 정비해 용천수 탐방길을 조성했다고 하니, 숨겨진 보물을 찾듯 골목을 누비며 그 흔적을 찾아보는 것도 좋겠다.

조선시대에는 해상교통의 요지인 이곳에 조천진성을 쌓아 관리했다. 포구 한쪽으로 현무암으로 쌓은 성곽의 흔적을 지금도 찾아볼 수 있다. 성곽 위에 세워진 '연북정戀北亭'은 마을과 바다를 바라볼 수 있는 훌륭한 전망대 역할을 한다.

아름다운 자연과 오랜 역사 그리고 지역의 상권이 잘 어우러진 조천리. 머무는 여행을 시작하는 이들에게 포근한 출발점이 되어줄 마을이다.

연북정

시인의 집
@cafe_poets_house

손세실리아 시인이 운영하는 바다와 책이 있는 따뜻한 북카페
창가에 앉으면 가끔 물 위로 튀어 오르는 물고기를 볼 수 있다
제주시 조천읍 조천3길 27

조천수산 @jocheonsusan

음식점이 아닌 회 포장 전문점
황돔과 제철 한치는 꼭 맛볼 것
제주시 조천읍 조천북1길 35-8

참새당
@jeonghyangan

제주의 돌담집을 그리는 안정향 작가의 공간
무인 카페로 운영되고 있어 골목길을 걷다 잠시 쉬어가기 좋다
제주시 조천읍 조천7길20

백리향

착한 가격에 푸짐한 백반정식을 먹을 수
있는 마음이 풍요로워지는 로컬 식당

제주시 조천읍 신북로 244

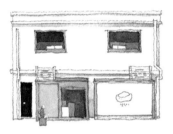

석볶이 @seok.bokki

실패하지 않는 조합

떡볶이와 튀김, 그리고 수제 유부초밥

제주시 조천읍 신북로 237

장원삼계탕

조천리에서 만나는 진한 국물
여행의 고단함을 달래주는
녹두삼계탕과 전복삼계탕

제주시 조천읍 신북로 258

무우수 커피 로스터스

@muusu_coffee_roasters

마을 안쪽에 새롭게 들어선 로스터리 카페

제주시 조천읍 조천11길 22-2

그 바다 그 곁의 오름

제주시 조천읍 함덕리

계절을 가리키는 시계가 갑자기 빨라지기라도 한 걸까. 때는 아직 이른 봄 3월이었지만, 두 뺨에 와닿는 공기는 좋아하는 이가 연락도 없이 불쑥 찾아온 것처럼 반갑고 훈훈했다. 봄의 그리움이 깊어가는 시기에 푸른 함덕리에 닿았다.

함덕리는 아름다운 바다와 그 곁의 오름을 함께 볼 수 있는 마을이다. 눈부신 백사장과 비췻빛 바다. 그리고 그 너머에 봉긋 솟아 있는 함덕 서우봉의 모습이 어우러져 조화로운 경관을 자랑한다. 때마침 오름의 경사면에 피어난 노란 유채가 봄의 화려한 귀환을 알려주었다.

함덕리는 중문, 성산, 표선 등과 함께 비교적 일찍 개발이 추진되었다. 그 결과 해안가를 중심으로 많은 숙박, 위락 시설이 들어섰다. 관광의 편의는 나아졌지만 안타깝게도 무분별한 개발로 인한 훼손, 주차난, 임대료 인상 등의 문제가 발생했다. 주민들은 함덕서우봉해변 내 사유지 개발 문제 등을 겪으며, 지금의 함덕리를 있게 한 자연경관이 잘 보존되어야 주민들의 삶 또한 지속 가능하다는 믿음을 가

함덕리 풍경

지게 되었다. 함덕의 아름다운 서우봉은 주민들의 노력 덕분에 우리 곁에 남을 수 있었다.

오름 위에 피어난 어린잎들을 바라보니 문득 2016년 봄에 마주쳤던 두 학생들이 떠올랐다. 그들은 대학교에 갓 입학한 앳된 친구들이었는데, 이른 아침에 오름을 오르는 것이 위험하지 않을까 걱정되어 입구에서 서성이고 있었다. 그때 마침 지나가고 있던 나를 그들이 보게 된 것이다. 정상까지 잠시 동행해도 되겠냐고 학생들이 물었고, 어쩌다 나는 학생들의 임시 보호자가 되고 말았다.

오름은 그리 높지 않아 우리는 곧 중턱의 전망 포인트에 도착할 수 있었다. 능선을 따라 불어온 부드러운 봄바람 속에서 콧노래를 흥얼거리다가 봄꽃과 푸른 바다가 어우러진 풍경에 감탄사를 연발하던 학생들의 천진함에 웃음이 나오기도 했다. 오름의 정상을 지나 내려가는 길목에서 우리는 각자의 방향으로 헤어졌다.

갓 스무 살이 되었다던 그 친구들은 지금쯤 어엿한 직장인 되었으려나. 셋이서 함께 걸었던 날처럼 오름 위에 유채꽃이 가득했다.

다니쉬 @danish_jeju
올데이 브런치를 즐길 수 있는
베이커리 카페
브리오슈 식빵과 포카치아 등의
메뉴가 인기다
제주시 조천읍 함덕16길 56

만춘서점 @manchun.b.s
작고 심플한 건물 외관이
주변의 야자수와 잘 어울리는 동네 책방
제주시 조천읍 함덕로 9

굿우드무드 @gwm.kr
특별한 여행 선물을 찾는 이들을 위한
감각적인 인테리어 소품숍
제주시 조천읍 조함해안로 488-5

김택화 미술관 @kimtekhwamuseum
우리가 잘 아는 한라산 소주 라벨을
디자인한 故김택화 화백의 그림을
볼 수 있는 곳
함덕리 바로 옆 신흥리에 있다
제주시 조천읍 신흥로 1

호끌락다락 @jeju_0227
함덕 골목에서 만나는 스페인 요리
인기 메뉴는 새우까수엘라
제주시 조천읍 함덕10길 6

저팔계깡통연탄구이
육즙이 살아 있는 흑돼지 오겹살 전문점
제주시 조천읍 신북로 531

함덕교회
현무암으로 지어진 준공된 지 50년이 넘은 건축물
이색적인 매력이 돋보인다
제주시 조천읍 신북로 478-1

카페 델문도 @cafe_delmoondo
함덕리의 독보적인 카페
야외 테라스 자리는 오름과 해변을 바라보기 좋다
제주시 조천읍 조함해안로 519-10

1장 반짝이는 동쪽 마을

함덕서우봉해변

슬프도록 아름다운 마을

제주시 조천읍 북촌리

주행 중 계기판에 공기압이 낮다는 경고등이 떴다. 가까운 마을 골목 안에 급히 차를 세우고 타이어를 확인해보니 앞바퀴에 작은 나사못 하나가 박혀 있었다.

"10분이면 수리 가능합니다."

여행의 흐름을 끊어버린 작은 못이 야속했지만, 현장에 출동한 기사님의 호언장담에 마음이 놓였다. 주위를 둘러보니 주차한 곳 주변으로 노란 유채꽃과 청보리들이 바람에 살랑이고 있었고, 저 멀리 오래된 낮은 지붕 사이로 푸르게 빛나는 바다의 물빛에 시선을 빼앗겼다. 10분 안에 수리를 마친 기사님은 거짓말처럼 자리를 떠났지만, 마을을 더 둘러보고 싶다는 생각이 들었다. 무엇에 홀린 듯 그렇게 북촌리 속으로 걸어 들어갔다.

북촌리 본향 가릿당
마을 사람들의 풍요와 안녕을 비는 제가 열리는 신당
제주시 조천읍 북촌리 1363

북촌포구 등명대
1915년에 세워진 것으로
가릿당 옆에 있다
도대불이라고도 하며,
조업 중인 어선들이 밤에 그 불빛을 보고
포구를 찾아올 수 있게
위치를 알리는 시설물이다

골목을 걷다가 마주친
몹시 개방적인 화장실

북촌리 골목

북촌리가 여행자들에게 널리 알려진 마을은 아니다. 아름다운 바다로 유명한 함덕리와 김녕리 사이에 있기에 무심코 지나치기 쉽다. 하지만 그런 이유 덕분에 상업 자본의 때가 덜 묻어 골목 사이로 느껴지는 투박함이 사랑스러웠다. 이곳의 바다도 환상적인 물빛을 보여주었다. 포구 가까이에 떠 있는 작은 섬 다려도가 풍경을 더욱 특별하게 만들었다.

북촌리 풍경

너븐숭이 4·3 기념관

사실 북촌리는 제주 4·3 사건의 상흔이 깊은 마을 중 하나다. 1948년 12월 16일 군경에 의해 24명의 주민이 희생된 것을 시작으로 이곳에서만 500여 명이 목숨을 잃었다. 당시 마을 인구가 약 1,500명이었다고 하니, 마을 사람 셋 중 하나는 죽음을 피하기 어려웠던 셈이다. 가까스로 목숨을 구한 사람들은 강요된 침묵 속에 가족을 잃은 슬픔마저 가슴에 묻고 살아야 했다.

제주 4·3 사건의 참상은 1978년에 발표된 현기영의 소설 《순이 삼촌》으로 세상에 알려지기 시작했다. 작가는 학살 현장에서 살아남은 순이 삼촌의 삶이 어떻게 황폐화되어 가는가를 보여줌으로써, 4·3의 참혹상을 고발함과 동시에 오랜 세월 묻혀 있던 사건의 진실을 공론화시키는 데에 큰 공헌을 했다. 마을 어귀에 건립된 너븐숭이 4·3 기념관에서는 순이 삼촌 문학비를 찾아볼 수 있었다.

밭담 사이로 작게 솟은 언덕에 올랐다. 그곳에는 멋진 수형의 팽나무 여러 그루가 자라고 있었다. 뻗어 나온 나뭇가지가 제주도의 강한 바람에 휘어지고 뒤틀려 묘한 분위기를 풍겼다. 마침 3월 하순이라 가지마다 연둣빛 어린잎이 가득 돋아났다. 그 모습이 아픔의 역사를 딛고 다시 아름다운 일상을 꽃피우고 있는 마을의 모습과 닮아 뭉클해졌다.

마을을 떠나며 짧은 기도를 했다. 더 이상 이곳에 아픔의 역사가 쓰이지 않기를.

아라파파 북촌
@alapapa_bukchon

북촌리 바다에 떠 있는
부속 섬 다려도를 바라보기
좋은 베이커리 카페
제주시 조천읍 북촌15길 60

알마커피제작소
@alma_coffee_factory_jeju

커피 향 가득한 로스터리 카페
특히 포구가 보이는 2층 전망이 좋다
제주시 조천읍 북촌11길 23

올드북촌 @oldbookchon

책과 함께 쉬어가기 좋은 북촌리 북카페
제주시 조천읍 일주동로 1437

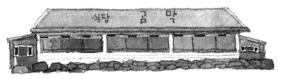

곰막식당

북촌리 옆 마을인 동복리에 있는 식당으로, 인기 메뉴는 회국수와 성게국수
제주시 구좌읍 구좌해안로 64

순수하고 야성적인 바다

제주시 구좌읍 김녕리

　자동차 핸들에 손을 올렸다가 깜짝 놀라고 말았다. 손바닥 가득 여름의 열기가 스며들었다. 뜨끈뜨끈한 감각에 손을 말아 쥐었다가 폈다. 어느덧 찾아온 새로운 계절이 반가웠다. 7월의 햇살에 달구어진 도로를 따라 동쪽으로 달렸다. 구좌읍의 너른 들판이 보이자 나도 모르게 콧노래가 흘러나왔다. 동쪽 바다를 떠올리면 가장 먼저 생각나는 마을 김녕리가 그곳에 있기 때문이었다.

마을을 장식하고 있던 금속 공예물

김녕리는 읍소재지가 아닌데도 보건소, 농업기술센터, 소방서, 치안센터까지 갖춘 제법 규모가 큰 동네다. 구좌지역의 마을 중에서 가장 오랜 역사를 자랑하며, 고려시대에는 조천읍과 구좌읍의 중심지 역할을 했다. 그래서인지 김녕초등학교도 시골학교답지 않게 규모가 꽤 큰 편이었다. 알록달록한 학교 건물 앞에 서니 문득 부종휴 선생과 꼬마탐험대의 이야기가 떠올랐다.

부종휴 선생은 1945년에 김녕국민학교의 교사로 부임했다. 제주의 자연에 각별한 애정과 관심을 가졌던 그는 30여 명의 어린 학생들과 함께 탐험대를 꾸려 제주도 동쪽 탐사를 시작했다. 전문 장비 하나 없이 햇불과 짚신에 의지한 어려운 시간이었다. 하지만 뜨거운 열정으로 탐사한 결과, 유명한 만장굴을 비롯해 궤내기굴과 김녕사굴 등 20여 개 동굴의 존재를 세상에 알릴 수 있었다. 이는 '제주 화산섬과 용암동굴'이라는 이름으로 세계 자연유산으로 등재되기 위한 초석이 되었다.

김녕리는 섣불리 해안도로를 개발하지 않았다. 그 덕분에 마을 안의 올레길이 예전 모습 그대로 남아 미로처럼 구불구불 뻗어 있는 골목길을 걷는 즐거움이 남달랐다. 이곳에서는 제주도 최초로 도시재생 사업이 진행되고 있기도 했다. 걷다 보면 만나게 되는 크고 작은 금속 조형물들이 고요한 골목에 작은 활력이 되었다.

마을의 규모에 비해 인근에 있는 하천을 찾기가 힘든데, 그 이유는 용암동굴이 발달해 비가 대부분 지표 아래로 흐르기 때문이다. 이곳 주민들은 해안가에 솟아오르는 용천수를 주요 식수원으로 사용해야 했다. 대표적인 용천수 식수원이 일 년 내내 살을 에는 듯 차가운 물이 흘러나오는 것으로 유명한 청굴물이다.

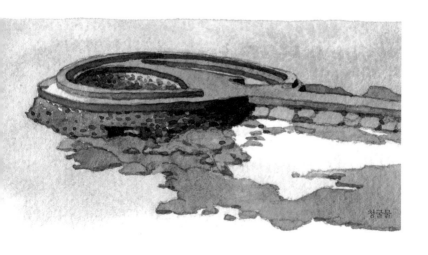

청굴물

옛 김녕리 마을극장
지금은 비어 있지만 인근
유일의 극장이었던 건물
제주시 구좌읍 김녕로1길 19

김녕리 도대불
해질녘 바다로 나가는 어부들이
불을 밝혔던 옛 등대
1972년 마을에 전기가 들어오기
전까지 사용되었다고 한다
제주시 구좌읍 김녕로17길 37-7 인근

개웃샘굴
동굴 안에 솟아나는 맑은 물은 과거 마을의 중요한 식수원 역할을 했다
제주시 구좌읍 김녕로15길 11 인근

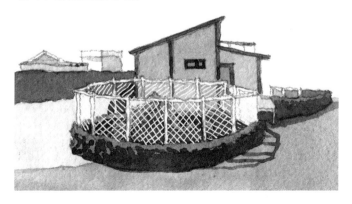

마을의 길은 해안선을 따라 이어져 곧 김녕성세기해변에 닿았다. 터키석을 갈아 넣은 듯 아름답게 반짝이는 바다와 눈부신 하얀 모래, 그리고 이것들을 더욱 돋보이게 하는 짙은 갯바위의 조화가 가슴을 뛰게 했다. 제주에는 여러 해변이 있지만, 그중에서도 이곳은 유독 순수하고 야성적으로 느껴졌다. 이러한 특별함은 해변 가까이 상업 시설들이 들어와 있지 않아 만들어진 것이다.

벌써 몇 번이나 그려본 곳이지만, 이 바다의 비현실적인 아름다움
은 나도 모르게 스케치북을 펼치게 했다. 아득한 수평선과 해안선이
종이 위에 옮겨졌다. 여름의 추억 하나를 마음에 남겼다.

늦은 오후의 김녕성세기해변

빗소리
@amaoto151

최근 김녕리에 새로 생긴 일식당
튀김과 소바가 인기 메뉴다
제주시 구좌읍 김녕로 151

엄마의 제주
@mothers_jeju

집밥이 그리울 때 찾게 되는
찌개 백반집
오전 11시까지만 판매하는 저렴한
아침 백반 메뉴가 따로 있어 좋다
제주시 구좌읍 김녕로 118-10

무노테이블 @moooono_table
여행자와 창작자를 위한
조용한 공간
일러스트 기반의 국내외 서적을
갖추고 있다
제주시 구좌읍 김녕로18길 39-25

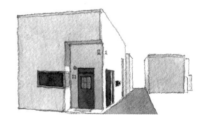

쪼끌락 @jjokkeullak_jeju
김녕성세기해변을 가장 편하게 바라볼 수 있는 카페
돌하르방 모양의 라떼가 재밌다
제주시 구좌읍 김녕로21길 21

카페 모알보알 @moalboal.jeju
야외 마당에 깔린 빈백 등을 이용해 바다를 보며 쉬어가기 좋은 카페
느슨하되 멋스럽게 여유를 즐길 수 있다
제주시 구좌읍 구좌해안로 141

달이 머무는 마을

제주시 구좌읍 월정리

월정리의 돌담과 가옥들

2010년, 그해 봄의 월정리를 기억한다.

투명한 민트빛 바다 위로 차분히 밀려드는 파도가 다정했던 곳. 움 켜쥐면 스르륵 빠져나가는 고운 모래 위를 걷다가 동네에 몇 없던 작 은 카페에서 커피 한 잔을 마셨던 고소한 추억이 마음을 간지럽힌다.

오래전 그날, 작은 게스트하우스에서 맞이한 월정리의 아침이 떠 오른다. 세수조차 하지 않은 부스스한 얼굴로 숙소를 나와 까슬까 슬한 돌담의 촉감을 손끝으로 느끼며 마을 길을 걸었다. 심장 소리 가 들릴 것만 같던 그 고요한 시간이 좋았다. 골목길 모퉁이에서 만 난 삼색 길냥이와 짧은 눈 맞춤도 했다. 그러다 이내 파도 소리가 들려오는 방향으로 걸음을 옮겼다. 아무도 없는 외로운 바다를 만났다.
파도에 젖은 모래 위로 3월의 하늘이 선명하게 비쳤다. 시리도록 파
란 그 반영이 좋아 오랫동안 해변을 서성였다.

○ 월정리는 옛 문헌에 무주포로 표기되었으나, 1856년경 마을의 정신적 지주였던 원봉 장봉수 선생이 바다에 나가 바라본 마을의 모양이 반달처럼 보여 월정리(月汀里)라 호칭한 것에서 유래한다.

월정해변

　오랜만에 월정리에 왔다. 주차할 곳을 찾기 위해 잠시 정차하는 것
이 미안할 정도로 해안도로가 붐볐다. 바다는 여전히 아름다웠다. 그
러나 해안가는 20대에서 30대 후반이 되어버린 나만큼이나 많은 변
화를 겪었다. 이름 모를 풀들로 가득했던 하얀 모래언덕은 카페 건물
로 채워졌다. 바닷바람에 마당 가득 들어온 모래를 부지런히 쓸어내
던 삼춘댁은 변해버린 풍경 앞에 흔적을 찾아볼 수조차 없었다. 슬프
게도 월정리는 지난 10여 년간의 개발로 인한 제주의 변화를 가장 상
징적으로 보여주는 마을이 되었다.

행원연대봉에서 바라본 월정리와 행원리 풍경

　여행 작가로 활동하며 가지게 된 고민이 있었다. 대중에게 여행지를 소개하는 행위가 더 많은 사람들을 불러들이는 결과를 초래한 것은 아닐까, 그로 인해 여행지의 자연과 본래의 정취를 파괴하는 데 일조하는 것이 아닌가 하는 걱정이 있었다. 하지만 몇 년간 제주도의 변화를 지켜보며 생각이 달라졌다. 지속 가능한 관광을 위해 우선 관광객의 숫자를 제어할 수 있는 제도적 절차가 정비되어야 한다. 지역만의 자연과 문화적 가치를 전달하는 작업도 병행되어야 한다. 공간에 대한 올바른 이해는 여행자로 하여금 이곳만의 가치를 지켜야 한다는 작은 책임감을 가지게 하기 때문이다.

남아 있는 고즈넉한 마을 길을 걸으며, 작가로서의 새로운 역할을 고민했다. 머물렀다 떠나기 좋은 관광지를 경쟁적으로 소개하는 사람보다는 공간이 가지고 있는 가치와 매력을 제대로 전달하는 사람이 되고 싶어졌다.

　아직 지켜야 할 제주의 아름다움이 너무나 많다. 그 사실 속에서 실망보다는 작은 희망을 발견한다. 시간의 흐름 속에 필연적으로 많은 것들이 변해갈 테지만 나만의 방식으로 지금의 아름다움을 기록하는 것을 멈추지 않을 생각이다. 그것이 내가 경험하고 사랑한 지금 이 순간의 제주를 가장 오래 기억하는 방법이라 생각하기에.

책다방 @bookdabang153_jeju
월정리 골목 안 작은 책방
북카페를 이용할 때는
한 잔의 음료가 포함된
7,000원의 요금을 내면 된다
제주시 구좌읍 월정1길 70-1

떡하니 @tteog_hani
월정리 옆 행원리의 떡볶이 가게
문어 한 마리가 통으로 올라간
즉석떡볶이가 대표 메뉴다
제주시 구좌읍 행원로9길 9-5

밭담 @jeju_batdam
동쪽 바다가 보이는 스시집
초밥뿐만 아니라 단품 메뉴인
제주광어생선가스도 훌륭하다
제주시 구좌읍 행원로5길 35-20

월정바즐서핑앤패들보드
@bajeulsurfing

서핑보드와 패들보드를
대여할 수 있으며
3시간짜리 서핑 체험 강습도
제공하고 있다
제주시 구좌읍 월정3길 47

계룡길을 걷다

제주시 구좌읍 한동리

　밀려오는 파도보다 빗소리가 더 크게 들리던 촉촉한 아침이었다. 나는 가을비에 젖은 일주도로를 달렸다. '고요함'이라는 단어를 사용하기 가장 조화로운 마을을 만나기 위해서였다. 작은 오름 하나 없는 너른 들판을 지나자 마침내 섬의 동쪽에 도착했다. 투명한 바다와 낮고 평평하게 뻗은 갯바위가 가슴을 뛰게 하는 마을, 그곳에 한동리가 있었다.

　마을에 도착하니 거짓말처럼 비가 그쳤다. 신발이 젖을 염려 없이 계룡길을 걸어볼 수 있게 되었다. 계룡길은 짧은 시간에 한동리를 둘러볼 수 있는 아름다운 산책로다. 제주올레 20코스의 일부 구간으로 15분 남짓을 걸으면 모두 둘러볼 수 있었다. 길은 호젓한 농로로 시작되었다. 바로 직전에 비가 내렸음에도 불구하고 바닥이 모래로 이루어진 덕분에 질척이지 않아 좋았다. 길게 이어진 밭담 너머로 곱

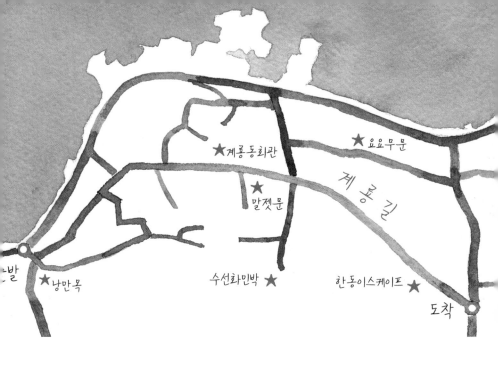

게 갈아놓은 밭이 보였다. 칠흑처럼 어두운 흙 색깔에 오랫동안 시선이 머물렀다. 구좌지역이 당근으로 유명하다고 하더니 그 어두운 흙 위로 잎이 푸릇푸릇 돋아난 당근밭을 어렵지 않게 발견할 수 있었다. 자라난 당근 줄기는 마치 한 그루의 나무처럼 생겼다. 시선을 낮춰 밭을 바라보았다. 어우러진 그 모습이 마치 귀여움 넘치는 작은 숲을 연상시켰다.

  길은 곧 마을 안으로 이어졌다. 대부분의 식당과 카페가 구옥을 고쳐서 만든 공간에 들어서 있어 비교적 마을의 원형이 잘 보존되어 있

었다. 강한 바닷바람 때문인지 곳곳에 해안사구가 발달했는데, 야트막한 모래언덕 사이에 모여 있는 알록달록한 지붕 덕분에 마음이 포근해졌다. 골목길을 걷다 심심찮게 애교 넘치는 길고양이들도 만날수 있었다. 낯선 이를 경계하지 않는 모습 속에서 이 아이들을 대하는 마을 사람들의 애정과 배려가 느껴졌다.

　낮은 지붕 사이로 이어지던 길은 곧 다시 바다에 닿았다. 바다를마주하고 있는 자그마한 카페에 들어가 따뜻한 커피 한 잔을 주문했다. 창밖으로 펼쳐진 풍경이 대단하거나 특별하지는 않았지만, 천진

함과 순박함이 느껴지는 한동리만의 분위기가 마음에 들었다.

멎었던 비가 다시 내리기 시작했다. 빗소리를 들으며, 젖어드는 한
동리의 풍경을 종이 위에 담았다. 다행이다. 모든 것이 차분해지는
이 풍경을 오랫동안 바라보는 방법을 알고 있다는 것은.

말젯문 @maljetmoon
딱새우장알밥, 딱새우볶음면 등의
딱새우 요리를 맛볼 수 있는 작은 식당
네이버 예약을 통해 이용할 수 있다
제주시 구좌읍 계룡길 31

수선화민박 @tea_and_stay
한동리의 밭담을 바라보기 좋은
포근한 숙소
제주시 구좌읍 계룡길 25-11

제주황금콩밭
한동리에서 맛보는 청국장 한 그릇
직접 재배한 콩으로 매일 아침
손두부와 순두부를 만든다
제주시 구좌읍 한동북1길 4

모닥식탁 @modak.song
함덕리에서 한동리로 이사 온 카레 맛집
오후 3시까지만 영업한다
제주시 구좌읍 한동로 136

카페깃든 @gittnn
오래된 집을 고쳐 만든 포근한 카페
바다와 함께 수평선을 향해 뻗어 나온 동쪽의 평평한 갯바위들을
여유롭게 바라보기 좋은 곳이다
제주시 구좌읍 해맞이해안로 990-2

요요무문 @yoyomoomoon
해녀 작업장이 있는 건물 2층에 자리 잡은
아담한 카페
동네 길고양이들이 쉬어가는
공간이기도 하다
제주시 구좌읍 해맞이해안로 1102

인카페 온 더 비치
@incafe_onthebeach
바다만(?) 보이는 카페
카페 바로 앞으로 작은 해변이 있고
샤워실도 갖춰져 있어 물놀이를
즐기기 좋다
제주시 구좌읍 해맞이해안로 943

그리움의 바다

제주시 구좌읍 평대리

제주의 모든 바다를 사랑한다. 그중에서도 동쪽의 바다를 언제나 그리워한다. 뜬금없는 고백이지만, 축 처진 어깨로 제주에 닿을 때면 아무 말 없이 동쪽을 향해 무작정 달렸다.

제주 동쪽 바다와 마주하고 있는 마을, 평대리와는 2014년에 처음 만났다. 이젠 너무 유명한 관광지가 되어버린 '비자림'을 방문하기 위해서였다. 그때 잠시 머물렀던 것이 이 작은 마을을 알게 된 계기였다. 수천 그루의 비자나무가 우거진 비자림의 풍경은 신비롭기 그지 없었다. 하지만 여행이 끝나고도 잊히지 않던 잔상은 비자림이 아니었다. 모래투성이 마을 길을 타박타박 걸으며 만났던 평대리의 심심한 풍경이 마음속에 오래 자리했다. 신기하게도 말이다.

그 후로도 매년 나는 이 마을에 젖어들다 떠났다. 작은 모래언덕과

평대리의 당근밭

당근밭 사이를 살금살금 걸어 다니기를 즐겼고, 아무도 찾지 않는 고
요하고 조그만 해변에 앉아 수면에 어지럽게 부딪히는 빛을 내도록
바라보았다. 푸르면서도 아련한 구석이 있는 동쪽의 물빛. 바라보아
마음이 애틋해지는 바다는 이곳이 유일했다.

　다시 평대리를 찾은 어느 날이었다. 대구에 있는 어머니로부터 한
통의 전화가 걸려왔다.
　"거가 느그 할머니 고향이라 자꾸 가는 기가."

그 말에 놀라지 않을 수 없었다. 친할머니께서 제주에서 태어나 뭍으로 건너오신 것은 알고 있었지만, 평대리가 할머니의 고향일 줄이야.

할머니는 다름 아닌 이 마을의 해녀였다. 물질을 잘했던 그녀는 생계를 위해 경상도로 출가 물질을 나갔고, 그때 할아버지를 만나셨다고 한다. 육지에서의 삶은 새로운 인연과 함께 시작되었다.

도시로 이사 오기 전 어린 시절에는 구룡포의 작은 바닷가 마을에서 할머니와 살았다. 그 집은 바다와 몹시 가까워서 태풍이 불어 닥치기라도 하면 해변으로부터 굴러온 자갈이 마당에 두껍게 쌓였다. 그 마을은 제주를 닮아 갯바위가 많았다. 이따금 할머니는 까만 턱시도처럼 멋진 고무 잠수복을 입고 거침없이 집 앞바다에 뛰어들곤 했

평대리 풍경

다. 휘적휘적 늠름한 걸음으로 돌아와 어린 내 키보다 더 큰 미역과
실한 전복들을 마당에 쏟아놓으셨다. 그 모습이 아직도 눈앞에 그린
듯 생생하다.

그 마을에는 손바닥만 한 해수욕장이 있었다.
할머니는 작은 양산 하나에 의지한 채 뜨거운 모래 위에 앉아
철없는 어린 손자의 물놀이가 끝날 때까지 기다리셨다.

신나게 놀다 입술이 파랗게 되어 돌아와보면
할머니의 시선은 때때로 수평선 너머를 더듬고 있었다.

그 촉촉한 눈길이 닿아 있던 곳이
아마 지금 내가 서 있는 평대리가 아니었을까.
고개를 들어 동쪽 바다를 바라보았다.
마음은 차분히 가라앉고 눈동자는 더욱 깊어졌다.

평대해변

르토아 베이스먼트 @letoit_coffee
1층은 평대리의 반짝이는 바다가,
지하 공간은 초록빛 정원이 반겨주는
이색적인 디저트 카페
제주시 구좌읍 해맞이해안로 1226

밥 짓는 시간 @bobttae
평대어촌계 건물 2층에 자리한 따뜻한 밥집
옥돔구이와 고사리들깨탕을 비롯한
모든 메뉴가 만족스러웠던 곳
제주시 구좌읍 평대5길 25

명진전복
워낙 유명한 곳이라 웨이팅이
있는 편이지만, 전복돌솥밥의 맛은
기다림을 감내할만하다
제주시 구좌읍 해맞이해안로 1282

평대성게국수 @pyungdae_noodles
해녀 모녀가 운영하는
성게국수가 맛있는 식당
국물 아래로 가라앉기 전에
고명으로 얹어주는 성게알부터
건져 먹는 것이 좋다
제주시 구좌읍 해맞이해안로 1172

평대스낵 @jjangnyang
잊을 수 없는 떡볶이와 한치튀김의
콜라보레이션
제주시 구좌읍 대수길 26

소라횟집
신선한 회도 좋지만 사람마다
큰 그릇으로 따로 내어주는 된장으로
간을 맞춘 활우럭매운탕이 별미인 곳
제주시 구좌읍 해맞이해안로 1240-3

톰톰카레 @tomtom_jeju
콩카레, 시금치카레 등
채식 카레로 유명한 곳이다
메뉴 결정에 애를 먹는 사람은
주저 없이 반반카레를 주문할 것
제주시 구좌읍 해맞이해안로 1112

당근과 깻잎 @jeju_carrot_cafe
지역 농부들이 참여한 조합에서 직접 운영하는 친환경 카페
구좌 당근으로만 만든 달콤한 유기농
당근주스를 맛볼 수 있다
제주시 구좌읍 평대7길 24-3

그곳에 해녀가 있었다

제주시 구좌읍 하도리

동쪽 해안도로를 끼고 하도리를 지나가면, 꼭 한 번 옆을 쳐다보게 된다. 포구 옆으로 솟은 3.5미터 높이의 검고 두터운 성벽. 묵직한 존재감을 내뿜고 있는 이것의 이름은 별방진이다.

별방진은 왜구의 침략을 막기 위해 조선시대에 쌓은 방어시설이다. 과거엔 마을을 든든하게 지켜주었던 성벽은 이제 마을과 바다가 어우러져 사는 모습을 내려다볼 수 있는 훌륭한 전망대가 되었다. 누군가 만들어놓은 계단을 통해 성벽 위로 올라가 보았더니, 마을을 둥글게 품은 성벽과 알록달록한 지붕이 바다와 어우러진 독특한 풍경이 펼쳐졌다.

해녀의 역사를 이야기할 때 빼놓을 수 없는 마을이 바로 하도리다. 하도리는 현직 해녀가 가장 많이 남아 있는 곳인 동시에 제주 해녀

해녀 고이화 생가

항일운동의 중심지이기도 하다. 마을 길을 걷다 유채꽃이 화사한 작은 돌집 앞에 멈춰 섰다. 돌담 옆으로 해녀 고이화의 생가임을 알리는 비석이 자신의 존재를 드러냈다.

우도가 고향인 고이화 해녀는 아홉 살 때부터 물질을 시작했다. 남달리 몸집이 크고 숨이 길어 혼자서 여섯 사람의 몫을 해냈고, 국내는 물론 멀리 대마도까지 나가 물질을 했다. 일제강점기에는 열여섯의 나이로 항일운동에 참여했다가 체포당했는데, 그녀의 몸에는 일본 순사로부터 심한 구타를 당한 뒤 생긴 흉터가 평생 남았다. 제주 4·3 사건으로 남편을 비롯한 시댁 식구들이 모두 희생되는 비극을 겪기도 했다.

너무나 많은 시련을 감당해야 했던 해녀 고이화. 그녀의 삶 자체가 근현대 해녀의 역사라 해도 과언이 아니다. 시련 속에서도 생이 계속되는 동안엔 제주 최고령 해녀

하도리 별방진

로 활동했으며, 지역별 해녀 명창과 노래를 세상에 소개하기도 했다. 그 공로가 인정되어 2000년에 제정된 제주해녀상의 첫 수상자가 되었다.

제주도 바닷가 마을에서 여자는 곧 해녀였다. 가난에 지지 않기 위해서는 어린 몸을 이끌고 거친 바다로 나가야 했다. 가까이는 경상도와 전라도로, 멀리는 대마도와 러시아의 블라디보스토크까지 원정 물질을 나갔다. 1920년에 해녀들의 권익 보호를 위해 '해녀 어업 조합'이 탄생되었지만, 일본인이었던 제주도사(현 제주도지사)가 조합장을 겸임하게 되며 오히려 수탈 기관으로 변모하고 말았다.

억압의 시절, 노동의 정당한 대가를 받지 못한 해녀들의 반감은 점점 커져만 갔다. 착취가 극에 달하자 1932년 1월 두 차례에 걸쳐 하도리를 비롯한 동쪽의 해녀 1,000여 명이 인근 세화리 장터로 모여들었다. 해녀복을 입고 두 손에는 호미, 작살, 비창을 든 채였다. 제주도사 다구치는 그 기세에 놀라 요구 조건을 수용하겠다고 약속했다. 우리나라에서 유래를 찾기 힘든 조직적인 어민운동이자 항일운동이었다.

최근 새롭게 정비된 숨비소리길을 따라 걸었다.
해녀들이 물질과 밭일을 위해 숱하게 걸었던 길은
그들이 질렀던 함성의 방향을 따라 흐르다
자연스럽게 해녀박물관으로 이어졌다.
박물관이 제주 시내가 아닌 동쪽 끝에 있는 이유가
비로소 이해되었다.

책방 언제라도 @unjeradobooks
하도리 마을 안에 있는 작은 책방
언제라도북스에서 제작한 독립출판물과
타 작가들의 작품을 만나볼 수 있다
제주시 구좌읍 문주란로5길 34-2

속솜 @cafe.soksom
수플레팬케이크가 맛있는 아늑한 카페
제주시 구좌읍 해맞이해안로 1655

수니테이블 @sunitable_jeju
하도리에서 혼밥하기 좋은 한식당
저녁 7시까지만 영업한다
제주시 구좌읍 문주란로 33-1

카페록록 @cafeloklok_jeju_official
한 잔의 커피 그리고 에그타르트와 함께
하도리의 바다를 바라보기 좋은 카페
제주시 구좌읍 하도서문길 41

살찐고등어 @jejusalzin
상호명과는 다르게 바삭한
일식 돈가스를 파는 바닷가 식당
제주시 구좌읍 해맞이해안로 1708

얼랑핀칙하도야 @hadori_hadoya
부부가 내어놓는 깔끔한 퓨전 일식을
맛볼 수 있는 곳
예약 후 방문하는 것이 좋다
제주시 구좌읍 해맞이해안로 1588-42

카페한라산 @cafe_hallasan
오래된 TV를 프레임으로 사진 찍기
좋은 곳으로 유명해진 카페
세화해변을 바라보기 좋다
제주시 구좌읍 면수1길 48

하도1940 @hado1940_
별방진 앞 포구에 있는 카페
바다와 가까워 음악 대신 파도 소리를
들으며 커피를 마시기 좋은 곳
제주시 구좌읍 해맞이해안로 1681-3

해녀박물관
제주의 해녀문화를 중심으로 해양, 어촌, 민속, 어업 등에 관한 자료를 전시하고 있다
박물관 안팎의 전시물들은 모두 해녀들이 기부한 것이다
제주시 구좌읍 해녀박물관길 26

지미봉 아래 끝 마을

제주시 구좌읍 종달리

　해안도로를 타고 성산 방향으로 달려가면 마주하게 되는 풍경이 있다. 옹기종기 모여 있는 낮은 지붕들과 그 뒤로 솟은 오름이 조화로운 작은 마을을 지나가게 된다. 이곳은 아름다운 지미봉을 품고 있는 마을 종달리. 산책하기 좋은 골목길과 소소한 매력이 넘치는 마을의 구석구석 덕분에 여러 번 방문하고도 여전히 그냥 지나치기 힘든 동네다.

종달리를 포근하게 에워싸고 있는 지미봉

조선시대에 제주에 부임했던 관리를 제주 목사(현 제주도지사)라고 한다. 이 신임 목사의 첫 임무는 제주의 곳곳을 시찰하는 것이었다. 바로 옆 마을인 시흥리에서 시작하여 시계 방향으로 마을을 순회하다가 이곳 종달리에서 행차를 마쳤다고 한다. 제주올레 역시 이 방향을 따르고 있으므로 제주올레의 마지막 21코스도 종달리에서 끝을 맺는다. 이러한 연유로 인해 마을 이름은 마칠 종終 자에 이룰 달達 자를 쓴다.

새 지저귀는 소리가 유난히 선명한 아침에 종달리의 올레를 걸었다. 구불구불한 마을 길은 이어지는 장면마다 구경할 것이 많아 심심하지 않았다. 돌담을 타넘는 고양이의 날렵함에 감탄하다가 무성한 갈대밭 너머의 아담한 책방에 들러 마음을 흔드는 책 한 권을 만났다. 종달항 인근에 새롭게 만들어진 공간 '해녀의 부엌'에도 들렀다. 해녀의 삶을 들여다보는 특별한 시간을 가질 수 있었다.

이곳의 풍경을 조금 더 오래 천천히 바라보고 싶어 마을의 카페로 들어갔다. 창가 자리에 앉으니 마을 풍경이 한눈에 들어왔다. 구좌 당근으로 만든 달콤한 주스 한 잔으로 목을 축이며 스케치북을 펼쳤다.

쓱싹쓱싹.
종이에 종달리를 닮은 포근한 선들이 그어졌다.
그 위로 오늘의 따뜻한 추억이 쌓였다.

해녀의 부엌 @haenyeo_kitchen
해녀의 삶이 녹아 있는 공연과 함께
파인다이닝을 즐길 수 있는
복합 문화 공간
제주시 구좌읍 해맞이해안로 2265

바다는 안 보여요 @seanosee_official
제주올레 1코스를 걷다 만날 수 있는
마을 안의 아담한 카페
피식 웃음이 나오는 상호명이
오래 기억에 남는다
제주시 구좌읍 종달로5길 31-1

필기 (좌측 건물) @_pilgi
타자기와 연필, 책이 있는
'글쓰기 작업실'
창작자를 위한 공간으로 공간 대여가
가능하다

오브젝트 늘 (우측 건물) @object.neul
돌창고를 고쳐 만든 액세서리 공방
오픈일이 불규칙하니 방문 전에
인스타그램 공지를 꼭 확인할 것
제주시 구좌읍 종달로7길 8-1

만나빵집 @manna_bake_jongdal
종달초등학교 뒤편의 작은 빵집
종달리소금빵이 대표 메뉴다
제주시 구좌읍 종달로5길 5-1

종달리엔심야식당 @jongdalrien
저녁에 문을 열어 10시 혹은 11시까지
종달리의 밤을 밝히는 심야 식당
예약 후 방문하는 것이 좋다
제주시 구좌읍 종달로7길 15

순희밥상 @jeju_sunhui
엄마가 차려준 집밥이 생각나는
동네 식당
제주시 구좌읍 종달로5길 38

이스트포레스트 @eastforest_official
지미봉 아래에 위치한 다이닝 카페
전복버터리조또를 추천한다
제주시 구좌읍 종달로1길 26-1

소심한 책방 @sosimbook

종달리의 대표적인 문화공간이자 2014년에 오픈한 제주도의 1세대 독립 서점
작은 창고에서 시작했으나 2021년에 지금의 자리(옛 수상한소금밭 게스트하우스)로
이전했다
제주시 구좌읍 종달동길 36-10

카페 제주동네 @jejudongne

마을의 모습을 바라보기 좋은 동네 카페
커피도 물론 맛있지만 당근빙수를 꼭 한번 먹어볼 것을 추천한다
제주시 구좌읍 종달로5길 23

내수면에 나를 비추다

서귀포시 성산읍 오조리

몇 년 전 제주의 풍경을 소재로 굿즈를 제작한 적이 있다. 내 그림이 들어간 마스킹 테이프와 캔버스 에코백을 제작했는데, 운 좋게도 육지와 제주도의 가게 몇 군데에 납품할 수 있었다. 제주도의 작은 시골 마을에 소품숍이 많아졌다는 것을 그때 처음 알게 되었다. 그 후로 섬을 방문할 때마다 내 상품이 비치된 가게를 한 군데씩 방문하는 것이 중요한 일정이 되었다.

오조리는 'B일상잡화점'을 방문하느라 처음 알게 된 마을이다. 가게는 오래된 돌집을 고쳐 만들어 천장이 무척 낮았다. 대들보에 머리를 부딪히지 않기 위해 절로 자세가 겸손해졌다. 이곳의 모토가 엄마에게 등짝 스매싱 당할만한 물건들을 모아 파는 것이라더니 역시나 작은 매대 위엔 심히 귀엽고 흥미로운 것들로 빠글빠글 채워져 있었다.

내수면 둑방길

가게를 나와 작약이 탐스럽게 핀 오조리의 낮은 돌담길을 걸었다. 마을 사람들은 지금 이 순간의 정취를 보존하고자 마을 길을 넓히는 도로 직선화 작업을 하지 않았다고 한다. 얼마나 현명한 선택인지 모른다. 덕분에 마을은 포근함과 아늑함을 잃지 않을 수 있었다.

정겨운 골목길은 곧 해안가로 이어졌다. 바람이 꽤나 부는 날이었다. 바다는 시간이 멈춘 듯 잔물결 하나 없이 침착했다. 얕은 수심의 깨끗한 수면 위로 하늘이 반사되어 고요한 호수처럼 느껴졌다. 오조리 내수면으로 불리는 이곳은 성산일출봉이 분화하면서 터져 나온 화산쇄설물들이 자연스럽게 둑을 형성한 곳에 1960년대에 이르러 추가로 둑을 쌓아 어업장을 만들며 지금의 모습이 되었다.

오조리의 옛 이름은 '오졸개'였다. 이후 한자를 차용하여 나 오吾, 비출 조照를 써서 지금의 이름으로 굳어졌다. 아름다운 내수면 둑방길을 걷다 고개를 내밀어보니 잔잔한 수면 위로 비친 내 모습이 너무 선명해 놀라고 말았다. 나를 비추어볼 수 있는 마을 오조리. 언젠가 스스로 부끄럽지 않게 살고 있는지 의문이 들 때, 다시 이곳을 찾으리.

식산봉과 오조포구

오른 @orrrn_official
바다와 지미봉이 보이는 탁 트인 뷰가
인상적인 카페
서귀포시 성산읍 해맞이해안로 2714

갤러리 Z
'오조리감상소'로 알려졌던 공간이
소설가이자 화가인 이제하 등 작가들의
갤러리로 재탄생했다
오조포구 인근 위치

성산포성당
성당 건축물 그 자체로도 매력적이지만,
일출봉을 바라보며 매괴동산 산책로를
걸어볼 것을 추천한다
서귀포시 성산읍 고성오조로 120

취다선리조트 @chuidasun_jeju
명상요가 클래스가 있는
힐링이라는 단어가 잘 어울리는 리조트
건물 내의 취다선티하우스에서는
다도 체험도 가능하다
서귀포시 성산읍 해맞이해안로 2688

돌담쉼팡
마을의 돌창고를 활용하여
오조리 부녀회에서 운영하는 작은 식당
착한 가격의 푸짐한 향토 음식을
맛볼 수 있는 곳
서귀포시 성산읍 오조로 75

블랑드오조 @blancdeozo_jeju
오조리 내수면과
식산봉을 바라보기에 좋은 디저트 카페
서귀포시 성산읍 오조로80번길 18

성산봄죽칼국수 성산점
@jeju_ss_bomal
보말로 만든 다양한 토속 음식을
맛볼 수 있는 곳
오전 7시부터 운영해 아침 식사도
가능하다
서귀포시 성산읍 해맞이해안로 2725

오조해녀의 집
해녀들이 채취한 해산물로
오조리어촌계에서 직접 운영하는 식당
전복죽의 유혹을 피하기 어렵다
서귀포시 성산읍 한도로 141-13

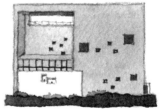

스테이라움 @stayraum
오조리 바다와 일출봉을
한눈에 바라볼 수 있는 탁월한 전망의 숙소
훌륭한 조식도 빼놓을 수 없다
서귀포시 성산읍 오조로 120

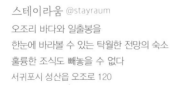

위로의 바다 앞에서

서귀포시 성산읍 성산리

저 멀리 성산일출봉의 실루엣이 보이기 시작했다. 바다 위에 비현실적으로 떠 있는 거대하고 가파른 직각 능선에 저절로 가슴이 뛰었다. 이토록 독특하고 강렬한 존재감을 뿜내는 곳이 제주에 또 있을까. 자동차의 속도에 맞춰 느리게 움직이는 수직 벽이 마치 인공적으로 쌓은 거대한 성벽처럼 느껴졌다. 이곳이 성산城山이라 불리는 이유를 어렵지 않게 이해할 수 있었다.

오랜만에 다시 일출봉에 올랐다. 정상까지 가는 길이 멀지는 않았지만, 초입에 완만했던 등산로가 정상에 가까워질수록 가팔라져 산행이 생각보다 힘들었다. 시원한 바닷바람이 불어왔지만 정상에 도착했을 때는 이마에 땀이 배어 나왔다. 나무로 조성된 데크에 다가서니 직경이 약 600미터에 달하는 일출봉의 거대한 분화구가 눈앞에 펼쳐졌다. 그 경계에는 다양한 형태의 기암들이 솟아 있었다. 마치 거인이 놓아두고 간 커다란 왕관을 보고 있는 듯했다. 분화구의 구덩이는 깊고도 넓어서 문득 그 중심을 향해 내려가 걸어보고 싶다는 충동도 들었다. 경이로운 풍경 앞에 서니 올라올 때의 수고로움은 어느새 까맣게 잊었다.

제주도의 다른 수많은 오름처럼 일출봉 역시 화산활동의 결과물이다. 그러나 부드러운 곡선의 여느 오름과 달리 일출봉이 드라마틱한 외관을 가지고 있는 이유는 생성과정에서 차이가 나기 때문이다. 뜨

거운 마그마가 지표를 향해 올라오던 중 지하수 혹은 바다나 호수를
만나면 마그마는 급격히 식으며 물이 끓게 된다. 격렬한 냉각-가열
반응은 결과적으로 큰 폭발을 불러일으킨다. 이렇게 수성화산활동에
의해 생긴 화산체를 '응회구' 또는 '응회환'이라 한다. 일출봉은 약 5천
년 전에 형성된 전형적인 응회구에 해당한다.

　언젠가 일출봉 정상에서도 꼭 현장을 그려보고 싶었다. 오늘이 바
로 그날이었다. 분화구가 잘 보이는 나무 데크 가장 높은 곳에 앉아
스케치북을 펼쳤다. 이따금 내 그림을 궁금해하는 여행자들의 시선
을 느끼며, 여유롭게 눈앞의 풍경을 담았다.

일출봉 정상의 굼부리(분화구)

　하산길은 올라올 때보다 계단이 가팔라서 내려올 때는 저절로 발걸음이 조심스러워졌다. 도중에 문득 고개를 들어보니 성산리와 고성리를 이어주는 끊어질 듯 얇게 이어진 해안이 보였다. 이곳은 '터진목'이라고 불렸다.

　지금은 쉽게 상상하기 힘들지만 놀랍게도 성산일출봉은 한때 섬이었다. 퇴적작용으로 인해 제주 본섬에서 성산일출봉 방향으로 사주가 만들어지기 시작했고, 모래가 지속적으로 쌓이면서 결국 일출봉과 본섬이 연결되었다. 터진목은 이제 성산리와 고성리를 잇는 교통로 역할을 하고 있다. 오랜 시간 자연이 만들어놓은 길 위에 다시 인간이 만든 도로가 놓인 셈이다.

아름다운 이곳도 현대사의 아픔을 피해 갈 수 없었다. 제주 4·3 당시 성산읍에는 악명 높은 서북청년단의 특별 중대가 주둔하고 있었는데, 그들은 성산읍을 비롯하여 세화·하도·종달리 등에서 억울하게 잡힌 주민들을 터진목 인근에서 총살했다. 비뚤어진 맹목적 이념은 이처럼 거대한 비극을 만들어냈다.

터진목의 동쪽으로 파도 소리가 들려왔다. 그 유명한 '광치기해변'이 바로 곁에 있었다. 때마침 썰물이라 해안의 경계를 따라 푸른 이끼로 가득한 신비로운 용암지대가 드러났다. 그 너머로 일출봉의 남쪽 사면이 가려진 것 없이 웅장하게 펼쳐졌다.

공간에 남겨진 거대한 슬픔 때문인지 아름다운 자연이 주는 위로가 각별하게 느껴졌다. 그날의 오름과 바람 그리고 파도가 잊히지 않고 오래도록 마음에 남았다. 서울로 돌아온 후, 그 여운을 한 장의 그림에 담았다.

남양수산
도민들이 자주 찾는 참돔회와
고등어회가 맛있는 식당
웨이팅이 있는 편이다
서귀포시 성산읍 고성동서로56번길 11

충남식당
부둣가 근처에 위치한 음식점
성산에서 갈치조림하면 이곳이 생각난다
서귀포시 성산읍 성산등용로 94-1

도너츠윤 제주점 @donutsyoon_jeju
빵집 투어를 한다면 방문해야 할 곳
크림치즈도너츠를 추천한다
서귀포시 성산읍 고성중앙로 79

도렐 제주 본점
@dorrell_coffee
플레이스캠프 안에 입점해 있는 카페
고소한 너티크라우드가 대표 메뉴다
서귀포시 성산읍 동류암로 20

가시아방국수
고기국수도 인상적이었지만,
돔베고기와 함께 먹는 비빔국수가
특히 조화로웠다
서귀포시 성산읍 고성리 528

짱아저씨 @jjang_ajae
색다른 해물탕을 찾는 이에게
추천하고 싶은 곳
흑돼지오겹살이 들어간
흑돼지해물탕이 별미다
서귀포시 성산읍 성산중앙로 19

일오반식당
아침 식사가 가능한 백반집
생선구이에 제육볶음까지 나오는
8,000원짜리 정식이 감동적이다
서귀포시 성산읍 고성오조로 87

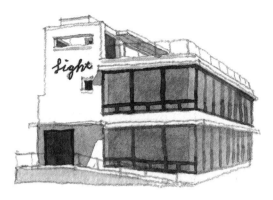

카페더라이트
@cafe_the_light_jeju

성산일출봉과 우도를 한눈에 조망할 수 있는 오션뷰 카페
창가 자리도 많아 창밖 풍경을 그려보기에도 좋다
서귀포시 성산읍 한도로 269

제주커피박물관 Baum @jejucoffeemuseum_baum
각 나라의 원두와 커피 도구 등을 전시하고 있는 박물관
2층은 카페로 운영되고 있으며, 바로 옆에는 유명한 빛의 벙커가 있다
서귀포시 성산읍 서성일로1168번길 89-17

탐라의 시작

누구나 여행을 떠난다. 하지만 눈 앞에 펼쳐진 낯선 풍경을 대하는 방식은 제각각이다. 높은 전망대에 올라 가장 먼저 도시의 규모를 가늠해보는 사람도 있고, 현지의 음식을 먹어보거나 언어를 배우며 지역의 문화를 익혀보는 이도 있으며, 어떤 사람은 자신만의 해석으로 대상을 기록하는 것에 집중하기도 한다.

언제나 친숙하고 편안한 제주였다. 그런 이유로 이 섬을 깊게 이해하기 위한 노력을 소홀히 하진 않았는지 반성하게 되었다. 그림 도구를 챙겨 다시 섬의 너른 품속에 뛰어들었다. 늘 가까이 있었음에도 들여다보지 못했던 제주의 오래된 이야기를 찾아보기 위해서였다.

6월의 어느 날 남쪽 바다가 빛나는 온평리에 도착했다. 서귀포와 성산을 오가며 몇 번이고 지나갔지만, 마을을 자세히 들여다보는 것은 이번이 처음이었다. 한적한 포구 옆으로 드물게 올레꾼들이 지나갔다. 골목에는 반려견과 함께 산책하는 주민과 해녀들을 마주칠 뿐 관광객을 찾아보기란 어려웠다. 마을은 잊힌 만큼 지켜진 포근함으로 가득했다.

제주는 50여 년 전만 하더라도 독립된 도道가 아니었다. 전라남도에 부속된 섬이었다가 1946년 8월 1일이 되어서야 비로소 분리 승격되었고, 지금과 같은 특별자치도로의 개편은 2006년 7월 1일에 이루어졌다. '제주'라는 이름은 한참을 더 거슬러 올라가 고려시대인 1211년에 처음 붙여졌다. 그보다 더 이전에 이 섬은 '탐라'라 불리는 도서국가를 형성하고 있었다.

탐라국은 고高·양良·부夫씨의 시조인 삼신인三神人으로부터 비롯되었다. 설화에 따르면 삼신인은 수렵 생활을 하며 살다가 동쪽 바다로

부터 오곡의 씨앗과 가축을 가지고 온 벽랑국의 세 공주와 각각 혼인했다고 전해진다. 제주 원주민 사회가 타국과의 교류로 수렵에서 농경사회로 발전했음을 시사하는 부분이다. 이로 인해 혈연 중심이었던 제주의 부족국가는 발전을 거듭하여 마침내 고대국가인 탐라국으로 거듭났다.

온평리는 그 탐라국의 시작을 알리는 마을이다. 포구에서 해안을 따라 성산 방향으로 걸어가다가 묵직한 외모의 비석 하나를 발견했다. 세워진 지 그리 오래되지 않아 연혼포延婚浦라는 글귀가 선명했다. 비석 너머로는 까만 갯바위와 드넓은 바다가 펼쳐져 있었다. 설

연혼포

화 속에서 삼신인이 벽랑국의 세 공주를 맞이했다고 전해지는 바닷가가 바로 이곳이었다.

연혼포에서 내륙 방향으로 2킬로미터 지점에는 혼인지婚姻池가 있다. 이곳에서 삼신인이 세 공주와 혼인을 올림으로써 자손이 늘어나고 농사가 시작되었다는 전설이 전해져 내려오고 있었다. 혼인지 내에는 넓은 연못이 하나 자리하고 있는데, 그 둘레로 산책로가 잘 조성되어 있었다. 한쪽에서는 삼신인이 혼인을 올린 후 신방으로 사용했다는 작은 굴도 찾아볼 수 있었다. 식수를 구하기 쉽고 거처로 삼기에도 안전했던 이곳이 그 시절 부락을 형성하기에 적합한 지역이었겠다는 생각이 들었다.

온평리 마을 안이 고요했던 것에 비해 혼인지는 여행자들로 붐볐다. 이곳에 담긴 이야기로 인해 전통 혼례를 치르러 방문하는 이들도 적지 않았다. 그런데도 이렇게 평일에 사람이 몰리는 이유는 바로 혼인지 곳곳에 피어난 탐스러운 수국 때문이었다.

온평리
도대불

6월의 하늘을 닮은 푸른 꽃송이들 사이에서 하나의 여행을 마무리했다. 밀린 숙제를 해결하듯 비로소 마음이 후련해졌다. 온평리

에서 만난 오래된 이야기 덕분일까. 돌아오는 길에 마주치는 섬의 풍
경들이 더욱 친근하게 느껴졌다.

자신만의 역사를 가진 공간에서, 여전히 그 이야기들을 간직하고
있는 오랜 정성을 엿보았다. 충만한 하루였다.

로이앤메이 @royandmay
중국인 남편과 한국인 아내가 내어놓는
건강하고 정갈한 중식 가정식 식당
서귀포시 성산읍 온평상하로15번길 12-7

분식후경 @bunsik_hukyung
온평리에서 분식을 먹고 싶다면 이곳으로
햄, 단무지가 없는 건강한 김밥을 판다
서귀포시 성산읍 온평포구로62번길 22-1

순덕이네 @soonduck2ne
성산에서 매콤한 돌문어볶음이
먹고 싶을 때 떠오르는 곳
서귀포시 성산읍 온평서로 48

보람식당
오전 11시부터 오후 2시까지
점심 영업만 하는 백반집
서귀포시 성산읍 일주동로 4697

옛날옛적 @yetnal_
다양한 가격대의 정식코스를 갖추고 있어 선택의 폭이 넓은 향토 음식점
돔베고기정식과 쌈밥정식이 인기 메뉴다
서귀포시 성산읍 일주동로 4660

두 얼굴의 바다

서귀포시 표선면 표선리

바이크 여행에 로망이 있다.

무슨 용기가 났던 건지 대학생 때 50cc 작은 스쿠터 하나를 빌려 나 홀로 제주도 일주에 도전했다. 포부는 컸건만 하필 그때가 장마철 이라 온몸은 늘 기분 나쁜 축축함으로 가득했다. 그런데도 짧은 듯 길었던 5일 동안 웃을 일이 참 많았다.

처음 표선리를 만났던 날도 눅눅한 여정의 어딘가였다. 종일 도 로 위를 달리느라 피곤했지만, 호수처럼 넓고 잔잔 한 표선해비치해변이 전해주는 차분한 서정 이 좋았다. 불 켜진 가로등 옆에 스쿠터 를 세워두고 반짝이는 밤바다를 하 릴없이 바라보았다. 나는 그 풋풋 한 순간들로 표선리를 기억한다.

  10년도 더 지나 다시 표선리 바다를 찾았다. 그런데 추억 속 모습과 다소 달라진 해변의 모습에 당황해버렸다. 가깝던 해안선이 저 멀리 뒤로 물러가 있었고, 물빛 가득했던 공간은 광활한 백사장이 된 채 나를 맞아주었다. 이곳이 내가 아는 표선리가 맞는지 몇 번이고 위치를 확인했다.

  표선해비치해변은 제주의 다른 곳에선 볼 수 없는 독특함이 있다. 해변의 길이는 약 200미터 남짓으로 짧은 편이지만, 썰물이 되면 무려 800미터에 달하는 광활한 백사장이 모습을 드러낸다. 자그마치 16만 제곱미터에 달하는 면적이라 인공적으로 만든 거대한 모래 광

장처럼 느껴질 정도다. 만조가 되면 백사장은 물빛 가득한 공간으로 변신한다. 수심이 1미터 남짓에 불과해 호수처럼 잔잔한 수면을 보여주는 것으로 유명하며, 무엇보다 어린아이들이 안전하게 물놀이를 즐길 수 있어 매력적이다.

신발을 벗고 드넓은 백사장으로 뛰어들었다. 짜릿한 해방감에 발걸음은 빨라졌다. 고요하고 드넓은 평원 속에서 나라는 존재가 더욱 또렷이 느껴졌다. 마치 예전에 몽골의 초원을 처음 만났을 때의 느낌과도 비슷했다.

밀물과 썰물 때의 매력이 이렇게 극적으로 다를 수 있다니. 표선리의 다채로운 표정을 알게 되어 기뻤다. 백사장이 훤히 보이는 카페에서 한 잔의 커피를 마시며 나는 오늘의 표선해비치해변을 종이 위에 기록했다.

도바나 @dovana_official
직접 블렌딩한 티를 판매하는
조용한 티 카페
창가 자리에 앉아 표선해배치해변의
백사장을 바라보기 좋다
서귀포시 표선면 표선백사로 127

제주민속촌 @jejufolk
제주의 문화유산을 전문가의 고증을
통해 구성한 야외 박물관
이제는 찾아보기 힘든 제주도의
전통 가옥을 그려보기 좋은 곳이며,
최근 여름철 야간에 공포 체험 프로그램
운영을 시작했다
서귀포시 표선면 민속해안로 631-34

코코티에 @jeju_cocotier
표선해비치해변을 가깝게 바라볼 수 있는 오션뷰 카페
입구의 시원한 야자수들이 매력적이다
서귀포시 표선면 표선당포로 21-3

와치하우스 @watchouse_jeju
해경 초소로 사용되었던 건물을 리모델
링해 오픈한 게스트하우스
2인실, 4인실로 구성되어 있다
서귀포시 표선면 돈오름로 198-23

고수목마식당 @gosumokma
표선리의 말고기 전문점
모듬회가 포함된 한라산스페셜이
대표 메뉴다
서귀포시 표선면 표선중앙로 64

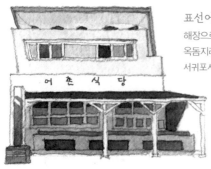

표선어촌식당
해장으로도 훌륭한 무가 듬뿍 들어간
옥돔지리와 자리물회가 유명한 식당
서귀포시 표선면 민속해안로 578-7

표선우동가게 @udon_cutlet_jeju
돈가스와 우동을 함께 맛볼 수 있는 곳
여름에는 붓가케 우동(냉우동)을
추천한다
서귀포시 표선면 표선관정로 105-1

춘자멸치국수
멸치국수 딱 한 메뉴만 판매하는 식당
춘자싸롱으로도 불리며 깔끔하고 미니멀해
나름의 분위기가 있다
작은 가게에서 파는 평범한 음식이지만 맛은 결코
소박하지 않다
서귀포시 표선면 표선동서로 255

강해일
구성이 알찬 모듬회 코스가
만족스러운 횟집
서귀포시 표선면 표선당포로 14

1장 반짝이는 동쪽 마을

만조가 되어 호수 같았던 표선해비치해변

겨울 속에 피어나는 마을

서귀포시 남원읍 위미리

제주에 가기 위해 김포공항행 리무진 버스를 탔다. 잠들어 있던 어두운 새벽하늘은 공항에 가까워지는 동안 저 먼 곳에서부터 조금씩 깨어나고 있었다. 바깥 풍경을 보고 싶어 뿌연 차창을 커튼으로 열심히 닦았다. 며칠 사이 불어닥친 매서운 한파 때문인지 하얀 성에는 이별 뒤 남은 미련처럼 쉽게 지워지지 않았다.

겨울이었지만 제주의 공기는 부드러웠다. 두꺼운 패딩 점퍼를 입은 것이 왠지 유난스럽게 느껴질 정도라 괜스레 주위 사람들의 옷차림을 살피게 되었다. 공항을 빠져나오자마자 마주친 풍경에 덜컥 멈춰섰다. 두어 달 못 본 사이에 이 섬에 큰 변화가 생겼다.

한라산이 어느새 흰 모자를 쓰고 있었다.

이번 여행의 목적지는 위미리. 시선은 계속하여 따뜻한 남쪽을 향했다. 중산간을 넘어 한라산의 남쪽 사면을 타고 내려갔다. 저 멀리 남쪽 바다가 보이기 시작했다. 파도는 잔잔해 보였지만, 마음은 크게 일렁였다.

가장 먼저 애기동백으로 유명한 제주동백수목원으로 향했다. 애기동백은 흔히 토종 동백이라 일컬어지는 붉은 동백에 비해 커다란 분

제주동백수목원

홍빛 꽃잎을 가졌다. 애기동백은 이른 겨울부터 화려하게 피기 시작한다. 멀리서 보아도 봉긋하게 솟아오른 여러 그루의 애기동백나무가 벌써 붉게 물들어가고 있었다.

혹독한 계절에 피어난 아름다움을 종이에 담고 싶었다. 드로잉 북에 천천히 꽃과 나무의 모습을 담았다. 그림을 그리며 한곳에 오래 머무는 동안, 이곳을 찾은 사람들의 웃음소리가 또렷이 들려왔다. 가족, 친구 혹은 연인과 함께 온 이들의 즐거운 재잘거림이 귓가에 맴돌았다. 아름다운 꽃은 존재만으로 사람을 행복하게 만든다.

애기동백만큼 화려하지는 않지만, 더 오랜 세월 이 마을을 지켜온 붉은 꽃잎을 만날 시간이 왔다. 위미 동백나무 군락을 보러 발걸음을 옮겼다. 제주동백수목원에서 10분 정도 걸어가니 마을 한가운데에 푸르게 솟아 있는 작은 숲이 나왔다. 이 숲은 지금은 작고하신 현맹춘 할머니의 정성으로 만들어질 수 있었다. 그는 부지런하고 검소한 생활로 어렵게 사들인 땅에 한라산의 동백 씨앗을 따다 뿌려 가꾸었는데, 오랜 세월을 거친 후 거친 황무지는 지금의 울창한 동백나무 숲이 되었다.

이곳에 자라나고 있는 동백을 흔히 '토종 동백'이라 부르고 있지만, 정작 이 관목의 학명은 Camellia Japonica다. 한국에서 자생하는 식물에 일본의 국가명이 표기된 까닭을 이상하게 여길 수 있다. 관목의 학명이 Camellia Japonica가 된 이유는 17세기에 일본을 방문했던 독일 태생의 식물학자 엥겔베르트 켐퍼Engelbert Kaempfer의 보고 때문이었다. 그는 독일로 돌아가 서양인 최초로 일본에서 보았던 동백나무에 대한 묘사를 했다. 이것이 1753년에 스웨덴의 식물학자인 칼 폰 린네Carl von Linne가 동백나무의 학명을 명명하게 되는 데에 큰 영향을 미쳤다.

만약 17세기에 제주도에 표착했던 네덜란드 상인 하멜이 귀국 후 한 발 먼저 《하멜표류기》에 동백나무의 묘사를 했다면 어떻게 됐을까. 어쩌면 동백나무의 학명이 Camellia Koreana가 되었을지도 모른다.

때는 아직 이른 겨울이었으므로 활짝 핀 동백은 많지 않았다. 토종 동백은 가장 추운 겨울에 피기 시작해 봄까지 내내 피어 있기 때문이다. 금방이라도 터질 듯 웅크리고 있는 봉오리들을 바라보며, 한두 달 후 더욱 붉게 물들어 갈 숲의 모습을 상상했다. 겨울 속에 아름답게 피어나는 마을 위미리. 이 사랑스러운 마을을 다시 찾아올 이유가 생겼다.

위미동백나무군락

서귀포시 남원읍 태위로 87

❶ 가가호호 @gagahoho_jeju
가벼운 식사류와 가볍게
곁들일 수 있는 와인이 있는 스낵바

❷ 라바북스 @labas.book
사진집, 엽서, 그림책, 독립출판물
등을 만날 수 있는 아늑한 책방

❸ 하이커하우스보보
@hikerhaus_vovo
지혜로운 하이커들을 위한 공간으로
다양한 하이킹 용품과 음료들을 판다

❹ 바공식당 @bagyong_
하루에 30인분만 준비하며
매주 화요일마다 메뉴가 바뀌는
1인 레스토랑

제주소요 @jejusoyo
조식이 맛있는
따뜻하고 편안한 펜션
예약 시 도자기 체험과
귤 따기 체험이 가능하다
서귀포시 남원읍 태위로 13

위미 We ME

치킨이 생각난다면 이곳으로
술을 부르는 전기구이 한방통닭을
만날 수 있는 곳
서귀포시 남원읍 태위로 116

카페 서연의 집

@cafedeseoyeun_official

영화 〈건축학개론〉 촬영지
커피 한 잔과 함께 위미리의
바다를 바라보기 좋다
서귀포시 남원읍 위미해안로 86

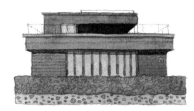

위미상회 @jjjunggg_

원데이 클래스로 썬캐처를 만들어 볼 수 있는 작은 공방
곳곳에 사장님이 좋아하는 사랑스러운 소품들이 가득하다
서귀포시 남원읍 태위로 90

화목해
@hwamokhae

싱그러움 가득한 플랜트숍
예약제로 가드닝 원데이 클래스를
운영하고 있다
서귀포시 남원읍 위미대화로15번길 9-6

취향의 섬 @chwihyang.wimi

처음엔 카페였으나 반미샌드위치로
유명해져 지금은 식당으로
운영되고 있다
서귀포시 남원읍 태위로398번길 7

위미애머물다 @wimirk_thaifood

위미리에서 만나는 태국 요리 전문점
이국적인 남쪽 바다가
식당 분위기와 잘 어울렸다
서귀포시 남원읍 위미중앙로 274-43

동박낭
@dongbaknang_official

예쁜 동백꽃 포토존이 있는
무인 카페
2,000원을 내면 입장 및
음료 이용이 가능하다
서귀포시 남원읍 태위로 275-2

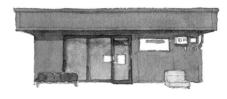

뙤미
@ttoemi_jeju

따뜻한 집밥 스타일의 식당
아침 식사도 가능하다
서귀포시 남원읍 태위로 86

와랑와랑 @jejuwarang
위미동백군락지 가까이에 위치한 카페
겨울에 운이 좋다면 카페 옆 귤밭으로 눈이 내리는 풍경을 감상할 수 있다
서귀포시 남원읍 위미중앙로300번길 28

공천포와 망장포

서귀포시 남원읍 신례리 · 하례리

　버스를 이용해 뚜벅이로 서귀포를 여행하던 때였다. 1인실이면서
도 숙박비가 부담스럽지 않은 숙소를 찾다 보니 바닷가 마을의 작은
게스트하우스에 닿게 되었다. 작은 마당에 오래된 동백나무가 탐스
럽게 꽃을 틔우고 있던 전형적인 제주 시골집이었다. 게스트하우스

를 개업하며 건물에 거의 손을 대지 않은 모양인지 파란 슬레이트 지붕과 나무로 된 낡은 문살이 눈에 띄었다. 공용공간에서 홀로 여행하는 이들을 몇 명 만날 수 있었는데, 이 공간을 닮아 한결같이 조용하고 따스한 사람들이었다.

지금 그 숙소는 문을 닫았지만, 내게 공천포라는 곳을 처음 알게 해주었다. 주황색 가로등 아래로 푸른 밤이 피어나고, 까만 모래와 자갈 사이로 꾸준히 밀려드는 파도가 나지막이 마음을 두드리는 곳. 특별하지 않아 마음에 더욱 특별하게 남는 작은 포구 마을이었다.

좋았던 추억 때문인지 섬의 남쪽을 둘러볼 때면 잠깐이라도 공천포를 들렀다 떠나는 버릇이 생겼다. 이 마을을 세 번째로 방문했던 날, 마을 옆으로 흐르는 신례천을 따라 아침 산책을 즐기던 중이었다. 문득 저 멀리 하천과 바다가 만나는 곳을 보니, 마침 썰물이라 갯바위들이 수면 위로 시커멓게 드러나 있었다. 바위가 어찌나 너르고 평평하게 펼쳐져 있는지 문득 그 위를 걷고 싶다는 충동에 휩싸였다.

미끄러지지 않게 조심조심 발걸음을 옮긴 지 10여 분. 이 근방을 몇 차례 다니면서도 발견하지 못했던 작은 포구 하나가 거짓말처럼 나타났다. 작은 포구의 이름은 망장포. 콘크리트 타설이 되지 않아 현무암만으로 이루어진 제주 옛날 포구의 원형이 살아 있는 곳이었다.

    제주의 포구들은 거친 파도를 막아내기 위해 대부분 2중, 3중 구조의 제방을 가지고 있다. 중첩된 구조로 인해 나누어진 공간들을 구분하여 가장 안쪽부터 바깥쪽으로 안캐-중캐-밧캐라 부른다. 시설을 확보할 공간이 부족했던 탓인지 이곳 망장포는 파도를 막을 단 한 겹의 구조물만으로 이루어져 있다.

    남쪽에서 밀려오는 거친 바람과 파도를 단 하나의 둔턱으로 막아야 했기에 제방의 표고는 높아졌고, 포구 안쪽은 깊고 아늑해졌다. 아이를 안고 있는 어머니의 품 같은 따뜻함. 현대적으로 개조된 다른

망장포

포구에서는 느껴보지 못한 독특한 정취였다.

  포구는 오랜 세월 바다와 싸운 이들에게 보금자리가 되어주었다.
이젠 마음의 휴식을 위해 찾아온 여행자에게도 담담한 위로를 나누
어주었다. 어느새 마음이 훈훈해졌다. 달콤한 늦잠을 포기하고 다녀
온 아름다운 아침 산책 덕분이었다.

카페 송 @cafe_syong
바다 옆 창고를 고쳐 만든 카페
작지만 차분한 공간이 마을의 분위기와
잘 어울리는 곳이다
서귀포시 남원읍 공천포로 91

하례점빵 @harye_bbang
하례감귤점빵협동조합에서
운영하는 빵집
제주 경조사 때 제사상에 올리던
'상웨떡'을 응용한 향긋한 상웨빵을
맛볼 수 있다
서귀포시 남원읍 하례로 272

오빌하우스
마을에 있는 혼자 또는 2인이 머물기
편리한 가성비 좋은 펜션
서귀포시 남원읍 공천포로11번길 15

바람섬갤러리
여러 기획전이 열리는 바닷가 앞
아담한 갤러리
서귀포시 남원읍 공천포로 25

공새미59 @gongsaemi59
덮밥류와 칼국수 등 부담스럽지
않은 한 끼가 정다웠던 식당
서귀포시 남원읍 공천포로 59-1

공천포식당
된장과 고춧가루로 맛을 낸
제주식 물회를 맛볼 수 있는 곳
여름에 방문한다면 제철인 한치물회와
자리물회를 추천한다
서귀포시 남원읍 공천포로 89

호꼼스낵 @hokkom_jeju
분식이 먹고 싶을 때 생각나는 작은 식당
매콤한 떡볶이와 튀김이 함께 나오는
호꼼세트가 대표 메뉴다
서귀포시 남원읍 신례리 58-1

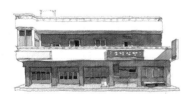

소낭식당
깔끔한 맛의 짬뽕으로 유명한 로컬 식당
최근에는 많이 알려져 여행자들도
더러 방문한다
서귀포시 남원읍 일주동로 7905

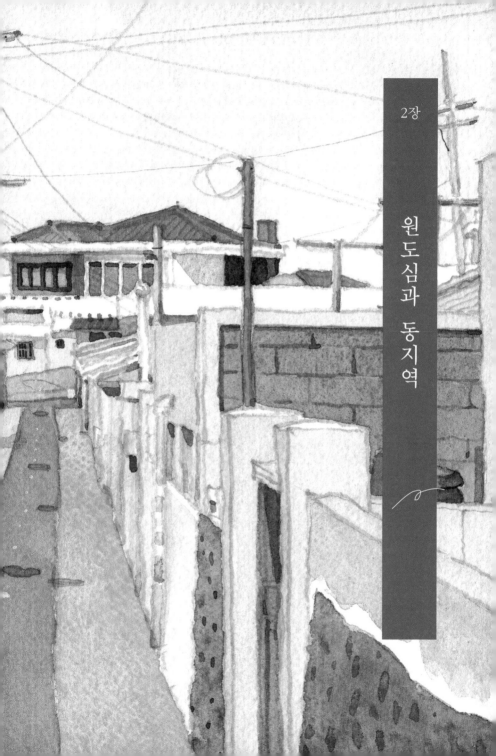

2장

원
도
심
과
동
지
역

그림과 함께한 제주 원도심 산책

제주시 구제주 일원

 어느 봄날, 전농로에 왔다. 좁은 도로 양옆으로 자란 수십 년 된 벚나무가 하얗게 꽃망울을 터트렸다. 이따금 불어오는 바람의 손짓에 하늘하늘 꽃비가 내렸다. 해마다 개화 시기가 조금씩 달라 섬을 자주 찾으면서도 좀처럼 만나기 어려운 풍경이었다. 이번 봄은 운이 좋았다.

관덕정과 목관아

2층 구조의 망경루

제주 도심은 크게 두 지역으로 나뉜다. 공항이 있는 서쪽을 신제주라 부르고, 전농로와 동문시장이 있는 동쪽을 구제주라 부른다. 도시가 형성되고 발달하는 과정에서 최초로 도심지 역할을 한 지역을 원도심이라 한다. 구제주 지역이 도민들의 구심점 역할을 해온 제주의 원도심이라고 할 수 있다. 제주도청과 교육청 등 공공기관이 신제주로 이전하며 비록 상권은 예전만 못해졌지만, 도민의 삶과 역사를 포괄하는 단 한 장소를 꼽으라면 역시 원도심을 떠올릴 수밖에 없다.

봄바람을 따라 걷다 주위를 둘러보니 어느새 제주목관아 앞에 도착해 있었다. 목관아의 입구인 외대문과 제주도에 현존하는 가장 오래된 건물인 관덕정의 우아한 처마가 보였다. 오늘 여행의 목표는 원도심 곳곳에 쌓인 세월의 더께를 종이 위에 기록하는 것. 스케치 도구가 든 가방을 단단히 메고, 진지한 걸음으로 목관아 안에 들어섰다.

구도심 속 살아남은 올레길

제주목관아는 탐라국 시대부터 조선시대에 이르기까지 제주의 정치, 행정, 문화의 중심지였다. 관덕정을 제외한 건물 대부분이 일제 강점기 때 크게 훼손되어 오랜 역사에 비해 남아 있는 전각의 수는 많지 않았다. 그나마 정비된 현재의 모습은 2002년에 문헌 고증과 전문가 자문을 토대로 복원한 결과라고 한다. 관아 내 한편에는 아직도 제 자리를 찾아가지 못한 수십 개의 주춧돌이 한데 모여 있었다.

목관아의 담장 너머 서북쪽 지역을 제주 사람들은 '무근성'이라 불렀다. 목관아터를 중심으로 한 제주읍성이 세워지기 이전의 묵은 성(오래된 성)이 있었다는 데에서 유래한 지명이다. 무근성의 골목은 한때 당대의 인물들이 숙박을 위해 찾아오는 곳으로 유명했다. 탐라여관은 영화배우 박노식, 신영균 등 1960~1970년대를 주름잡았던 스타들이 방문했고, 바로 옆 동양여관은 이승만 전 대통령이 머물렀던 곳이다. 무근성 골목에는 놀랍게도 옛 마을의 원형을 짐작할 수 있는 오래된 집터와 돌담들도 일부 남아 있었다. 비록 관리가 되지 않아 낡고 허름했지만, 개발의 폭풍이 몰아치는 도심 한가운데 살아남은 풍경들이 눈물겨웠다.

한양도성처럼 제주에도 과거 읍성이 존재했다. 하지만 현재 제주읍성은 대부분 훼손되어 남쪽 성곽 약 100미터 정도만 남았다. 수원의 화성처럼 현대적인 도심과 읍성이 조화롭게 공존하는 제주 원도심을 볼 수 없는 현실이 안타까웠다.

끊어진 성벽 위로 예전에는 볼 수 없었던 누각 하나에 시선이 갔다. 비교적 최근인 지난 2015년에 복원된 건물의 이름은 제이각이었다. 외적의 침입 중에서도 특히 왜구의 침략을 막기 위한 방어시설의 역할을 했다고 한다. 제이각은 제주읍성의 가장 높은 곳에 지어져 주위의 풍경을 느긋이 바라보기 좋았다. 오밀조밀 모인 집들 위로 오랜 세월 이어온 도민들의 삶이 포개어져 보이는 듯했다. 제주 사람을 지켰던 성벽에서 제주인들의 삶을 보니 감회가 새로웠다.

원도심을 여행하며 만난 담담한 풍경들은 내게 제주도의 이면을
보여주었다. 일회성으로 소비되는 관광지가 아닌 도민들의 소중한
삶터로 느껴지게 했다. 많은 배움이 있었던 오늘을 더 오래 추억하
고 싶었다. 성벽 위에서 제이각을 바라보며 다시 한 장의 그림을 남
겼다.

성벽 위 제이각

서문 대신 남은 주춧돌
제주읍성의 서문은 사라지고
그 자리엔 주춧돌만 덩그러니 남았다
송림반점 뒤편 골목에서
발견할 수 있다

성내교회
현무암을 쌓아 올린 외양이 매력적인
1910년에 창설된 도내 첫 개신교회로,
1919년 3·1 운동 이후 이곳에서
독립을 위한 군자금 모금 운동이
전개되기도 했다

탐라여관 (좌측 건물)
1960~1970년대를 주름잡던
스타들이 방문했다

동양여관 (우측 건물)
이승만 전 대통령이 머물렀던 곳

순아커피

관덕정 앞 오래된 적산가옥이
카페가 되었다
삐걱이는 나무 계단을 통해 2층에
오르면 작고 아담한 다다미방이
여행자를 반긴다
제주시 관덕로 32-1

리듬 @rhythm_and_brew_s

오래된 목욕탕의 놀라운 변신
1층은 카페, 2층은 크리에이터들의
쇼룸으로 사용되고 있다
제주시 무근성7길 11

이후북스 제주점 @jeju_afterbooks

옛 미래책방 자리에 독립 책방 이후북스
제주점이 입점했다
글쓰기 수업과 독립출판물 제작 수업 등
여러 워크숍을 운영하고 있다
제주시 관덕로4길 3

정성듬뿍제주국

구제주에서 뜨끈한 국물이 생각나면 찾는 곳
전갱이를 넣어 맑게 끓인 각재기국이
특별하다
제주시 무근성7길 16

고요산책 @goyowalk_jeju
여행자와 지역 주민들을 위한 북라운지&스테이
북라운지는 음료가 포함된 5,000원의 가격으로 종일
이용이 가능하며 3, 4층은 숙소로 이용되고 있다
제주시 중앙로12길 5

우진해장국
아침부터 줄을 서야 하는 유명한
고사리육개장 맛집
자극적이지 않게 뭉근하게 끓여내
아침 식사로도 좋다
제주시 서사로 11

모퉁이옷장 @jeju_motoong2
골목 모퉁이의 작은 건물에 입점한
수입구제와 핸드메이드를 취급하는
의류 매장
제주시 중앙로12길 40

관덕정분식 @gwan_ddeok_jeong
이탈리안과 분식의 장점을 살린
퓨전 분식을 지향한다
분식류 외에 명란아보카도비빔밥도
인기가 많다
제주시 관덕로8길 7-9

검은 모래와 하얀 파도

제주시 삼양동

아파트 너머로 봉긋 솟아오른 원당봉이 보였다. 가게들이 밀집해 있는 번화한 골목에서 불쑥 오래된 밭담을 만났다. 예쁜 카페들이 들어선 해안가의 오래된 포구는 옛 흔적을 고스란히 품고 여행자를 기다렸다. 장소에는 저마다의 기다림이 깃들어 있었다. 그래서 나는 쌀쌀한 이른 봄날, 다시 삼양동에 왔다.

용천수가 풍부한 삼양 지역은 예로부터 사람이 살기 적합한 곳이었다. 삼양포구 옆 큰물을 비롯해 해안가 곳곳에서 솟아나는 용천수를 볼 수 있었다. 마을 안 삼양 수원지는 제주시의 약 30퍼센트에 해당하는 가구에 수돗물을 공급하는 중요한 역할을 담당했다. 달리 말하면 제주 사람들 30퍼센트를 담당했다는 뜻이다.

물이 있는 곳에 사람이 모인다던가. 삼양지역에는 기원 전후 탐라국 형성기의 사회상을 밝히고, 제주 선주민 문화를 이해할 수 있는 선사시대 마을 터가 존재한다. 한 곳에서 집자리 약 230개가 확인된 제주도 최대 규모의 마을 유적이다. 크고 작은 집자리를 비롯해 야외 토기, 돌담과 배수로 심지어 고인돌까지 발굴되었다. 마을 안의 제주 삼양동유적전시관에서 과거의 흔적을 생생히 느껴볼 수 있었다. 보존의 중요성을 다시금 확인했다.

가름선착장의 모습 오른편으로
용천수인 샛도리물이 보였다.

오랜 시간을 품은 풍경에 저절로 발걸음이 멈추었다.
사람이 살았던 흔적이,
사람을 살려준 흔적이,
삼양동에 남았다.

제주삼양유적전시관의 복원된 마을 유적

불탑사 오층석탑

삼양동의 매력은 바다와 오름을 모두 마을 가까이에 두고 있다는 것이다. 해안가에서 동쪽으로 걸어가자 이내 원당봉으로 이어지는 호젓한 산책로가 나타났다. 원당봉이라는 이름은 이곳에 고려시대에 세워진 원나라의 사당이 있었던 데에서 유래했다.

이 오름에는 고려시대에 원나라로 끌려가 우여곡절 끝에 황후가 된 기황후奇皇后와 얽힌 이야기가 전해지고 있다.

기황후가 태자를 잉태하지 못해 고민하던 어느 날이었다. 한 스님으로부터 삼첩칠봉三疊七峰에 사찰을 짓고 탑을 세워 불공을 드리면 아들을 낳을 수 있다는 이야기를 듣게 된다. 여기서 '삼첩칠봉'이란 3개의 능선과 7개의 봉우리로 이루어진 산을 뜻한다. 꼭 그러한 모양을 가진 원당봉에 사찰을 짓고 치성을 드리니 마침내 기황후가 후사를 얻게 되었다는 전설 같은 이야기가 전해진다.

고려시대 때 창건된 것으로 추정되는 원당사는 1702년에 이르러 조선의 배불정책으로 훼철되는 비운을 겪었다. 원당사가 있던 터는 오랜 세월 방치되다가 1914년에 이르러서야 재건되었다. 그리고 '불탑사'라는 새로운 이름을 얻었다. 1948년에는 제주 4·3 사건으로 다시 사찰 대부분이 파손되었으나, 오랜 수난 속에서도 고려시대 때 세워진 오층석탑만은 무사히 살아남았다. 역사를 끌어안은 질긴 생명력이었다. 국내 유일의 현무암 석탑으로 알려진 불탑사 오층석탑은 보물 제1187호로 지정되어 보호되고 있다.

　쌀쌀한 바람에 나도 모르게 코를 훌쩍였다. 지친 다리도 쉴 겸 삼양검은모래해변이 가깝게 보이는 카페에 들어갔다. 창가에 앉으니 제주의 북쪽 바다가 한눈에 들어왔다. 해변의 이름에서도 알 수 있듯이 이곳은 검은 모래로 유명하다. 찜질을 하면 특히 신경통과 관절염에 좋다고 알려져 사람들은 겨울보다 여름에 이곳을 더 많이 찾는다. 돌이켜 생각해보니 삼양동에서는 여름보다 추운 계절의 추억이 더 많았던 것 같다. 태양이 작열하는 여름의 해변도 좋지만, 겨울 햇살 아래 고요하게 빛나는 이곳만의 차분함이 좋았던 것이 아닐까.

　따뜻한 커피 한 잔의 힘으로 다시 한 장의 그림을 그렸다.
　하얀 종이 위로 오늘의 파도가 살며시 밀려들었다.

강운봉 가옥
제주도의 생활양식을 간직한
전통 초가
제주시 설촌로10길 5-1

오병장 @ohbyeongjang_jeju
도민들이 즐겨 찾는 흑돼지 맛집
근고기는 감귤나무 장작과
참숯으로 초벌해 나오는데,
흑돼지와 백돼지 모두 만족스럽다
제주시 벌랑길 8

카페 아프리카
노을이 질 시간에 바다를 보며 쉬어
가기 좋은 아늑한 카페
게스트하우스와 카페를 함께 운영
중이다
커피도 좋지만 제주 유기농 녹차로
만든 녹차라떼를 추천한다
제주시 서흘길 7

에오마르
@eomar_jeju

삼양동의 바다를 바라보기 좋은 카페
비와 바람이 부는 날에도 해변 풍경을
그리기 적당하다
제주시 선사로8길 13-6

화성식당

대표 메뉴인 접짝뼈국은 돼지갈비 근처에
있는 접짝뼈라는 부분을 잘 고아서 만든
음식으로 수프처럼 부드러운 식감과
심심하면서도 뭉근한 맛이 특징이다
제주시 일주동로 383

은호상회

대를 이어 영업 중인 작은 가게 옆으로
마을의 소식을 전하는
스피커의 모습이 정답다
그 정다움에
안온함을 느낄 수 있다
제주시 서흘길 53

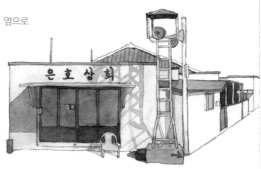

서귀포에서 만난 세 명의 화가

서귀포시 구도심 일원

제주도는 남북을 경계로 제주시와 서귀포시로 구분된다. 두 도시 안에는 지역의 중추를 담당하는 도심이 각각 형성되어 있지만, 머릿속에 떠오르는 이미지는 확연히 달랐다.

막 비행기에서 내린 여행자의 상기된 얼굴을 가장 먼저 맞이하는 곳. 날이 갈수록 키 큰 건물이 늘어나는 제주시의 도심은 서울의 모습과 닮았다. 육지와 섬의 관문 역할을 담당하느라 가장 제주답지 않은 곳이 되어버린 것인지도 모른다.

서귀포는 남쪽을 향해 차로 1시간을 달려야 닿을 수 있다. 비행기를 타고 제주로 들어와 다시 차량으로 이동하는 불편함을 감내해야 비로소 서귀포와 만날 수 있는 것이다. 덕분에 남녘의 끝에 있는 아득한 여행지의 낭만과 환상이 짙어진다.

서귀포 시내에서 바라본 한라산

하늘이 푸르던 날에 서귀포를 찾았다. 제주시와 달리 여전히 섬의 정취가 짙은 그곳에서 세 사람의 흔적을 찾아볼 생각이었다.

지난 수십 년간 사람과 돈, 문화의 집결지는 바로 서울을 비롯한 수도권이었다. 그런데도 서귀포는 문화·예술인들의 사랑을 꾸준히 받아왔다. 인연이 깊은 예술인도 많았다. 그중엔 서귀포 태생뿐만 아니라, 전쟁을 피해 왔거나 서귀포의 자연에 감화되어 머물게 된 이들도 있었다.

추계예술대학에서 교수로 재직했던 화가 이왈종 역시 제주의 풍광에 매료되어 섬에 머물게 되었다. 1990년에 서귀포에 정착한 이왈종은 정방폭포 입구에 사립미술관 왈종미술관을 개관했다. 이곳엔 그의 회화와 도예 작품이 90여 점 전시되어 있다.

　그런가 하면 고향인 제주를 떠났다가 돌아온 예술가도 있다. 1926년, 서귀포에서 태어난 변시지는 6세가 되던 해에 가족과 일본 오사카로 이민 갔다. 미술에 뛰어난 재능을 보였던 그는 오사카미술학교 서양화과를 졸업한 뒤, 도쿄로 상경하여 1948년 제34회 광풍회전에서 최연소 최고상을 수상해 화제였다. 1975년, 귀국 후 제주대학교 미술교육과에 재직하면서 다시 제주도에 정착하게 되었다. 그는 2013년에 향년 87세로 사망하기 전까지 제주의 풍토와 정서를 담은 작품을 그렸다.

　한라산이 시원하게 보이는 기당미술관에서 80년대 이후에 그려진 변시지의 격정적인 작품들을 만나볼 수 있었다. 특유의 필치로 담아낸 제주의 거친 바람과 파도를 보고 있으니, '폭풍의 화가'라는 그의 별명에 절로 고개가 끄덕여졌다.

왈종미술관 @walart_museum
2013년에 개관한 이왈종 화백의
시립미술관
조선백자를 모티브로 한
둥근 찻잔 모양으로 완성되었다
옥상 정원에서는 제주도 남쪽 바다와
함께 섬섬, 문섬을 바라볼 수 있다
서귀포시 칠십리로214번길 30

이중섭미술관
소장하고 있는 이중섭의 그림은
많지 않지만, 그의 애잔한 발자취를
공감할 수 있는 공간
아내인 이남덕 여사가 기증한 이중섭의
팔레트가 보관되어 있다
서귀포시 이중섭로 27-3

기당미술관
대한민국 최초의 시립미술관으로, 건물의 외양은 곡식을 쌓아놓은 눌(낟가리)의
모양을 형상화했다
화가 변시지는 이곳에 '변시지 상설전시실'이 개관되면서 명예관장을 역임했다
서귀포시 남성중로153번길 15

소라의 성
1969년에 우리나라 1세대 건축가로
불리는 김중업이 설계한 것으로
알려진 건축물
한때 제주올레 사무국과
제주올레탐방 안내센터로 활용되다가
지금은 북카페 형식의
시민공간으로 개방되었다
서귀포시 칠십리로214번길 17-17

소암기념관
20세기 한국 서예의 거장, 소암 현중화 선생의 삶과 예술을 조명하기 위해
2008년에 개관하게 됐다
전시된 작품들이 꽤나 인상적이다
서귀포시 소암로 15

서귀포 관광극장

1963년 10월에 개관한 지역 최초의 영화 전용관이었으나 화재를 입은 후 한동안
방치되었고, 2012년에 리모델링을 거쳐 지금의 모습을 갖게 되었다
서귀포 지역주민 협의회에서 위탁 관리하고 있으며, 현재는 다양한 공연예술이
열리는 예술전용 공연장으로 운영되고 있다
서귀포시 이중섭로 25

자구리해안

이중섭 화백이 가족들과 함께 게를 잡았다고 전해지는 곳
행복했던 추억은 〈그리운 제주도 풍경〉이라는 그의 작품 속에 고스란히 남아 있다
서귀포시 칠십리로 145

이중섭 거주지

　서귀포에는 잠시 머물렀을 뿐이지만, 강한 여운을 남긴 예술가도 있다. 1948년 4·3 사건을 겪으며 서귀포 역시 고난의 시기를 보냈다. 그러던 와중에 한국전쟁을 계기로 많은 이들이 제주로 피란을 오게 되었고, 지역에 다시 활력을 불어넣었다. 그 시기에 이중섭이 있었다. 한국 미술계를 대표하는 화가 이중섭을 빼놓고는 예술의 도시 서귀포를 논할 수 없을 것이다.

　평안남도 평원 출신의 이중섭은 1951년 1월에 서귀포시로 피란을

왔다. 그는 11개월간 서귀포에 거주하면서 많은 작품을 남겼다. 피란 당시 사랑하는 아내 그리고 두 아들과 함께 머물렀던 공간이 현재까지 보존되고 있다. 이중섭의 가족이 거주했다는 방을 둘러보면, 가장 먼저 공간의 협소함에 놀라게 된다. 4명이 머물기엔 너무나 작은 한 평 반 남짓의 방 하나가 전부이기 때문이다.

고단했던 피란 생활을 끝낸 뒤 이중섭은 부산으로 건너갔다. 생활고를 이기지 못한 아내와 두 아들은 일본으로 떠나게 되며 가족은 긴 이별을 맞았다. 이중섭은 가족에 대한 그리움으로 일정한 거처 없이 떠도는 유랑 생활을 했다. 예술가로서의 좌절과 자괴감이 깊어지면 몸도 쇠약해지기 마련이다. 그렇게 1956년 서울, 적십자병원에서 홀로 숨을 거두었다.

그의 삶과 그가 느낀 좌절감과 달리 이중섭이 서귀포에서 그린 그림들은 따뜻하고 친근했다. 먹을 게 없어 근처 자구리 해안에서 잡은 게로 끼니를 이어야 했지만, 그에게 무척 행복한 순간이었으리라 짐작할 수 있다. 작은 방에서 가족이 살을 부대끼고 서로의 숨소리를 들으며 살았던 11개월의 피란 생활. 그때의 행복한 기억이 어쩌면 비운의 화가 이중섭에겐 마지막 창작의 원천이었을지도 모른다.

새섬이 보이는 풍경

화가들이 사랑한 도시

그리하여 예술의 향기가 가득한 도시 서귀포에서

헤이 서귀포 @heyy.official
과거 뉴경남호텔이었던 건물을
라이프 스타일 호텔이라는 컨셉으로
리노베이션한 곳
가성비가 좋은 숙소이며, 특히 객실에서
바라보는 서귀포항 전망이 좋다
서귀포시 태평로 363

제주올레여행자센터
@jejuolletouristcenter

올레 여행자를 위한 아늑한 공간
1층에는 식당, 카페와 체험 공방이
있으며 2층에는 제주올레 사무국이
3층에는 올레꾼들을 위한 숙소인
올레 스테이가 여행자들을 기다리고 있다
서귀포시 중정로 22

제주약수터 @jeju_beer_fountain
제주 로컬 수제맥주 전문 펍으로
포장 테이크아웃만 가능하다
취향에 맞는 맥주를 주문할 수 있도록
무료시음 서비스를 운영하고 있으며,
본점 외에도 올레시장점이
새로 오픈하여 이용이 편리해졌다
서귀포시 중앙로 35

카페블루하우스
@cafebluehaus

홍콩과 제주의 문화가 공존하는 카페
홍콩식으로 직접 만든 밀크티를
추천한다
서귀포시 천지로 51

짱구분식

서귀포에서 분식이 먹고 싶을 때 찾는 곳
김밥, 떡볶이, 삶은 달걀, 오뎅, 튀김
그리고 소면이 함께 나오는
푸짐한 모닥치기를 맛보시기를
서귀포시 중동로48번길 3

허니문하우스 @honeymoonhouse_official
신혼부부들의 옛 명소였던 파라다이스호텔이 카페 허니문하우스로 새롭게 오픈했다
독특한 분위기와 서귀포의 바다가 보이는 시원한 전망으로 많은 이들이 찾고 있다
서귀포시 칠십리로 228-13

센트로 @centro_jeju
예약우선제로 운영되는
아담한 이탈리안 레스토랑
감자뇨끼와 부채살크림리조또가
특히 만족스러웠다
서귀포시 태평로 449

뽈살집
서귀포매일올레시장 근처의
흑돼지 특수부위 전문점
6가지 특수부위를 한 번에 맛볼 수
있는 모듬스페셜을 추천한다
서귀포시 중정로91번길 37

천짓골식당
쫄깃쫄깃하고 담백한 돔베고기가 순식간에 입 안으로 사라지는 경험을 할 수 있는 곳
돔베고기는 갓 삶은 돼지고기를 나무 도마(돔베)에 얹어 덩어리째 썰어 먹는
제주 토속 음식을 말한다
서귀포시 중앙로41번길 4

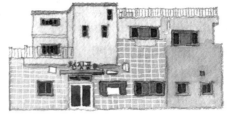

대도식당

속이 뻥 뚫리는
개운한 김치복국 때문에
자꾸 찾게 되는 식당
서귀포시 솔동산로22번길 18

서작가초밥집 @seojakga

기본에 충실한 정직한 초밥집
서작가는 '서귀포 작은 가게'의
줄임말이다
서귀포시 태평로 416-1

나운터횟집

활어회과 매운탕은 물론 분위기도
만족스러웠던 서귀포항 인근 횟집
서귀포시 칠십리로 42

내가 사랑한 중문의 풍경들

서귀포시 중문동 · 색달동

코로나로 인해 마음껏 떠나지 못하는 요즘. 해외여행의 목마름을 달래줄 수 있는 곳을 떠올려보았다. 제주도의 여러 이국적인 장소들이 머릿속을 맴돌았지만, 사람들이 수긍할만한 답변은 하나밖에 없었다. 불어오는 봄바람을 따라 남쪽으로, 중문을 향해 달렸다.

중문관광단지는 1978년에 국제관광단지로 지정되어 서귀포시 중문동, 색달동, 대포동에 걸쳐 조성되었다. 국내외 관광객을 위한 다양한 숙박시설과 위락, 레저시설을 두루 갖춘 제주도의 대표 관광지로 모자람이 없는 곳이다. 천제연폭포와 대포주상절리 등은 오래전부터 사랑받아온 명소이기도 하다. 최근 유채꽃 명소로 유명해진 엉덩물 계곡을 비롯해 아름다운 자연을 품고 있어 누구에게나 추천할 수 있는 대중적인 여행지라고 할 수 있다.

관광지에서 한 걸음 떨어지자 중문의 또 다른 모습을 만날 수 있었다. 지역을 관통하는 주요 도로 천제연로 주위는 도시화가 진행되어 건물들로 빼곡했다. 하지만 골목 안으로 걸음을 옮기니 주민들의 삶을 고스란히 간직한 정겹고 소박한 공간들이 고개를 내밀었다.

천제연폭포

동백나무가 있는 풍경

　문을 닫은 옛 세탁소 앞에서는 오랫동안 자리를 지켜온 동백나무
를 만났다. 담쟁이 뒤덮인 돌담을 따라 걷다가 숨겨진 작은 감귤밭을
발견하기도 했다. 중문초등학교와 중문중학교 사잇길은 도로 양옆으
로 벚나무가 가득한데, 마침 4월이라 살랑이는 봄바람 따라 내리는
꽃비를 볼 수 있었다.

장수목욕탕
높은 굴뚝이 인상적인
중문의 오래된 로컬 목욕탕
천연암반수를 사용한다고 하여
이용해보고 싶었으나 여성전용이라
발걸음을 돌렸다
서귀포시 천제연로185번길 13

중문성당
현무암으로 지어진 성당
1955년에 처음 공소가 설립되었다가
1957년에 이르러 현재의 자리에
세워졌고, 그 후 여러 차례 개보수를 거쳤다
서귀포시 천제연로 149

여미지 식물원 @yeomiji_botanic_garden
동양 최대의 온실로 여미지는 '아름다운 땅'이란 뜻이다
다양한 테마의 정원과 높이가 38미터인 중앙 전망탑에서 보는 풍경이 인상적이다
서귀포시 중문관광로 93

중문을 가장 중문답게 만드는 장소는 중문색달해변이라고 할 수 있다. 해변을 따라 늘어선 야자나무와 열정적인 서퍼들의 모습은 해외여행의 부재감을 불식시켰다.

제주도에는 조개껍데기로 만들어진 하얀 모래, 부서진 현무암으로 이루어진 검은 모래 해변이 많다. 중문색달해변의 백사장은 육지에서는 흔히 볼 수 있지만, 제주도에서는 보기 쉽지 않은 진한 베이지 색을 띤다. 이곳의 모래가 특이하게도 흑색, 백색, 적색, 회색 4가지 색상으로 이루어졌기 때문이다.

해가 저무는 동안 해변은 여러 가지 표정을 보여주었다. 따뜻한 베이지톤이었던 모래는 늦은 오후의 햇살 아래 감미로운 주황빛으로 빛났다가 저녁이 되니 회색을 띠며 깊어졌다. 오늘과의 작별에도 파도는 쉼 없이 밀려들었다. 푸른 멍처럼 깊어지는 바다를 바라보며, 중문과 작별했다.

알로하 제주 @alohajeju
오가닉 제품과 의류 및 발리,
태국 라탄을 만날 수 있는
특색 가득한 잡화점
서귀포시 중문관광로 192

마노커피하우스 @manocoffeehouse
커피에 진심인 커피 감별사 주인장이
운영하는 로스터리 카페
서귀포시 중문상로 97

카페 세렌디 @cafe_serendi
다양한 종류의 베이커리가 인상적인
브런치 카페
오전 8시부터 영업을 시작해
아침 식사를 위해 방문하기 좋다
서귀포시 중문관광로72번길 29-9

바다2822카페 @bada2822
탁 트인 뷰로 중문색달해변을 바라보기
좋은 카페
서귀포시 중문관광로72번길 29-51

중문수두리보말칼국수
@suduribomal_noodle

중문에 오면 항상 생각나는 곳
진한 보말의 풍미와 톳을 넣은
칼국수면이 조화롭다
서귀포시 천제연로 192

해심가든 @haesim_jeju

양념하지 않은 흑돼지생갈비를 먹기 위해
방문해야 하는 곳
서귀포시 천제연로 203-4

요리바카 @yoribaka_jeju

도쿄조리사전문학교를 졸업한 셰프가 운영하는 가이세키 요리 기반의 일식당
사치스런 덮밥이라는 뜻의 제이타쿠돈이 인기 메뉴다
서귀포시 천제연로214번길 3

지워진 풍경 속을 걷다

제주시 애월읍 수산리

"수산유원지가 참 유명했지."

여행에서 만난 사람 중 애월읍 수산리를, 그리고 수산유원지에서
의 추억을 이야기하는 이들이 있었다. 제주에 이렇다 할 유원지가 없
던 시절에 그곳은 독보적이었다고 한다. 전해 들은 이야기가 많아 궁
금했던 차에 마침 애월읍을 지나고 있던 나는 불현듯 수산유원지를
떠올렸다. 폐장한 지 한참 된 곳이었지만 신기하게도 내비게이션에
는 위치 검색이 되었다. 묘한 기대감이 들었다.

수산리 입구에서는 물을 가둔 긴 제방을 볼 수 있었다. 이어지는
길을 따라 마을로 들어서니 물이 가득 차 넘칠 듯 찰랑이는 커다란
저수지가 모습을 드러냈다. 용수량이 68만 톤이나 되었다. 규모가 커
성읍리와 용수리에서 만났던 저수지들과도 크기를 견줄만했다.

내비게이션은 저수지 바로 옆에 수산유원지가 있다고 가리켰다. 역시 예상했듯이 제대로 된 시설물들은 보이지 않았다. 제주 도내 유일한 유원지로 도민들의 사랑을 듬뿍 받았던 이곳은 한때 보트장, 야외풀장, 식당 등으로 운영되었다고 한다. 그러나 안타깝게도 사업 부진으로 인해 1996년에 운영이 중단되었다. 지금은 폐건물 하나와 깨진 콘크리트 바닥 위로 터만 덩그러니 남겨진 상태였다.

번화했던 자리라 그 공터가 더욱 쓸쓸하게 느껴졌다.

수산리는 '지워짐'이 많은 마을이다. 이곳에는 지금까지 남아 있는 큰 마을 상동을 포함해 여러 마을이 있었다. 그중엔 하동도 있었다. 하동 지역은 1950년대에 농업용수를 확보할 목적으로 만든 저수

3장 소중한 서쪽 마을

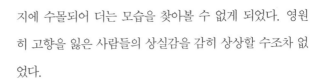

지에 수몰되어 더는 모습을 찾아볼 수 없게 되었다. 영원히 고향을 잃은 사람들의 상실감을 감히 상상할 수조차 없었다.

그럼에도 수산리는 충분히 매력적인 마을이다. 낯선 물새들이 고요한 수면 위를 한가로이 헤엄쳤고, 저수지 뒤편으로 솟아오른 수산봉 봉우리가 심심해 보일 수 있는 풍경에 포인트가 되었다. 물가를 산책하다 높이가 10미터는 족히 될듯한 멋진 수형의 소나무 한 그루도 마주쳤다. 400살이 넘은 그 나무는 저수지 방향으로 나뭇가지를 길게 늘어뜨리고 있었다. 그 모습이 잠겨버린 마을 하동의 아픔을 어루만지는 듯했다.

수산봉 기슭에 오르니 커다란 소나무 줄기에 묶인 그네가 보였다. 마을과 한라산의 부드러운 능선도 보였다. 지금 내가 보고 있는, 차분히 빛나는 수산리의 모습은 영원하지 않을 것이다. 시간은 흐르고 변화는 피할 수 없으므로. 언젠가 잊힐지도 모를 눈앞의 아름다움을 오래 간직하고 싶었다. 서울로 돌아와 추억을 더듬으며 한 장의 그림을 그리게 된 이유다.

cafe mooi @cafe__mooi
수산저수지 근처의 반려동물 동반 카페
낯가림이라곤 전혀 없는 고양이를 만날 수 있다
제주시 애월읍 엄수로 148

수산리 곰솔
마을의 수호목인 400년 된 곰솔로, 천연기념물 제441호로 지정되어 보호되고 있다
제주시 애월읍 수산리 2174

수산식당

도민들과 올레꾼들이 즐겨 찾는 식당
가격 대비 만족도가 높은 정식이 인기다
제주시 애월읍 하소로 165

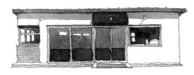

볼수록 제주 @volsurok_jeju

수산리 마을 안의
푸르른 정원이 아름다운 카페
카페 옆으로 숙소도 함께 운영 중이다
제주시 애월읍 하소로 154-1

애월리에 @jeju_aewol_lier

신라호텔 출신의 셰프가 운영하는 레스토랑
신선한 해물과 흑돼지 육수로 만든
애월리에파스타와
제주뿔소라아란치니를 추천한다
제주시 애월읍 엄수로 8-11

닻 @jeju_dat

수산리 옆 마을인 하귀2리의 이자카야
딱새우사시미와 숙성사시미가
대표 메뉴다
제주시 애월읍 가문동길 41-2

바다와 오름 사이 그 마을

제주시 애월읍 고내리

고내봉이 보이는 풍경

어떤 이들은 제주올레 15코스가 심심한 길이라고 한다. 한림항에서 시작해 애월로 넘어오는 동안 다소 단조로운 내륙의 농로가 쭉 이어지기 때문이다. 그래서인지 얼마 전 15코스가 두 길로 나뉘었다. 내륙으로 이어지던 기존의 길은 15-A코스로 남았고, 애월의 바다를 바라보며 걸을 수 있는 새 길이 15-B코스로 안내되고 있다.

봄비가 보슬거리던 날이었다. 나는 처음으로 15-A코스를 걸었다. 짙은 안개가 신비롭게 피어오른 덕분에 그 길은 전혀 심심하지 않았다. 안개 사이로 눈 깜짝할 사이에 나타난 돌담이 반가웠고, 괴기스러운 외침과 함께 불쑥 튀어 오르던 꿩 때문에 여러 번 놀라기도 했다. 몽환적이면서도 긴장감이 넘쳤던 길을 느리게 걸었다. 바다를 지그시 응시하며 솟아 있는 고내봉 기슭을 돌자 마침내 작은 바닷가 마을 고내리에 닿았다.

마을에 도착하니 거짓말처럼 비가 그쳤다. 밭담 사이로 난 작은 자갈길을 통해 마을로 들어섰다. 봄을 맞아 돋아난 어린 풀은 폭신한 녹색 양탄자 위를 걷는 듯한 느낌을 주었다. 그러나 뱀이 많아 나와 이 길의 이름이 '배염 올레길'이라는 것을 알고 나서는 저절로 발걸음이 빨라졌다.

고내리의 돌담은 높이가 낮아 마당 안이 훤히 보였다. 사이좋게 이

고내리 본향당

어진 돌담과 지붕을 따라 걸음을 옮기니 바다 앞 작은 포구 앞에 다
다랐다. 제주도 여느 해안 마을에서는 상징처럼 한라산이 잘 보였다.
하지만 고내리에서는 고내봉이 남쪽 하늘을 가로막고 있어 한라산의
자취를 느낄 수 없었다. 한라산이 보이지 않는 마을에는 또 그만의
강점이 있었다. 반짝이는 바다와 푸르른 고내봉 사이의 고내리는 아
늑하기 그지없었다. 그래서였을까. 포구가 보이는 마을 정자에서 잠
시 쉬어간다는 것이 그만, 앉은 채로 깜빡 잠이 들었다.

이 작은 마을엔 오래된 것과 새로운 것이 오밀조밀 섞여 있었다.
포구 근처에서는 주민들과 어부의 건강과 안전을 빈 신당들과 식수
원 역할을 한 용천수를 만날 수 있었다. 골목 안쪽의 식당과 카페들
은 구옥을 고쳐 만들었거나 신축 건물도 마을의 분위기를 해치지 않
는 선이었다.

소란하지 않아도 자신만의 색깔을 가진 고내리. 자신의 속도를 지

키며 살아가는 이들에게 어울리는 마을이었다.

포근한 분위기 속에서 부담 없는 그림 여행을 하고 싶은 이들에게 추천해주고 싶었다. 이곳의 아기자기함을 어서 스케치북에 담고픈 간절함이 들었다. 펼쳐진 하얀 지면 위에서 마음은 들뜨고 손은 바빠 졌다.

고내리 남당
포구 옆 작은 암반 위에
마련된 작은 제단

카페 달력 @cafe_dalryeok
보라색 지붕이 시선을 붙드는 카페
총 세 채의 건물로 다양한 분위기를
느낄 수 있다
제주시 애월읍 고내로9길 39

SALT @saltaewol
1인실과 2인실로만 이루어진 호스텔
모든 객실이 바다를 향하고 있다
제주시 애월읍 애월해안로 226

베리제주(좌측 하늘색 지붕)
@veryjeju
㈜파란공장에서 운영하는
제주와 관련 먹거리 및 디자인 상품을
판매하는 감성 소품숍
제주시 애월읍 고내로7길 45-14

파란공장(우측 파란 지붕)
@parangongj
로컬 크리에이터들의 지역사회를 연결해
로컬 콘텐츠를 키워나가는 기업
㈜파란공장의 사무실
제주 제주시 애월읍 고내로7길 45-5

카페 시오 @cat_ocean_gonae
카페이자 건축사무소로 운영되고 있다
마을의 길냥이들을 바라보기 좋은 곳
제주시 애월읍 고내로7길 28

마틸다 @matilda.jeju
문득 재즈가 듣고 싶어지는 저녁에
방문하면 좋은 작은 LP바
제주시 애월읍 고내1길 33

고불락 @jeju_gobulrak
인기 메뉴 상추밥 때문에
자주 방문하게 되는 식당
상추밥은 밥이 든 상추쌈에 제육볶음을
넣어서 먹는 메뉴로 1인 주문도 가능하다
제주시 애월읍 고내로7길 45-12

랑지다 @rangjida
와인을 파는 소박한 심야 식당
원 테이블로 운영되기 때문에
가게 방문 전 미리 문의해볼 것을
추천한다
제주시 애월읍 고내로7길 17

만지식당 @jeju_manzy_kitchen
돈가츠정식에 나오는
부드러운 등심돈가스가 인상적인 곳
테이블 개수가 적어 웨이팅이 긴 편이다
제주시 애월읍 고내로 13-1

새롭게 움트는 옛 마을

제주시 애월읍 상가리 · 하가리

고내리에서 고내봉을 지나 한라산 쪽으로 향했다. 너른 들판 사이에 농가들이 간간이 보였다. 지어진 지 오래되지 않아 보이는 깔끔한 연립주택들도 눈에 띄었다. 한가로운 일상의 잔잔한 변화가 엿보이는 상가리와 하가리였다.

'밭담을 보려면 구좌읍 하도리로 가고, 집담을 보려면 하가리로 가라'는 이야기가 있다. 동네에 대단한 규모의 뭔가가 있는 것은 아니었다. 다만 구불구불 끈기 있게 이어지는 하가리의 집담을 두고 나오게 된 이야기라 생각된다. 하가리에는 '잣동네'라는 별명이 있다. '잣'은 '성城'의 옛말로, 마을을 휘감고 있는 돌담들이 마치 돌로 쌓은 성처럼 보인다고 해서 붙여진 이름이다.

끝없이 이어지는 돌담 사이를 걸었다. 상가리와 하가리의 오래된

상가리의 팽나무 고목

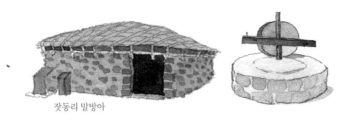

잣동리 말방아

이야기들을 만날 수 있었다. 원형이 잘 보존된 옛 초가에서는 말로 곡식을 빻았던 육중한 말방아와 마주쳤고, 연꽃이 피어나는 연못은 새들의 재잘거림으로 가득했다. 하늘을 뒤덮을 듯 거대한 팽나무를 만나기도 했다. 천 년을 버틴 고목이 내어준 그늘에서 더위를 찬찬히 식혔다.

두 마을은 중산간서로 안팎으로 마주 보고 있다. 조선시대에는 가락리라는 하나의 마을이었지만 윗동네를 상가락, 아랫동네를 하가락으로 부르던 것이 지금의 상가리와 하가리라는 이름으로 굳어졌다. 마을의 또 다른 이름은 '더럭'이다. 가락리에서 '더할 가㎞'의 '더'와 '즐거울 락樂'의 '락'이 합쳐져 우리말 '더럭'이 되었다. 사라질 뻔한 이름은 하가리에 있는 더럭초등학교로 남았다.

더럭초등학교는 1946년에 하가국민학교라는 이름으로 개교했다. 제주 4·3 당시 학교 건물을 토벌대의 본부로 사용했는데, 무장대가 학교를 급습해 건물이 전소되는 아픔을 겪었다. 잿더미 속에서도 사라지지 않은 배움에 대한 열망은 1954년에 더럭국민학교로 새롭게 태어났다. 이후 학생 수가 점차 감소하며 1996년에 애월초등학교 더럭분교가 되기도 했다. 위기감을 느낀 하가리 주민들은 이주민을 위한 다세대 주택을 조성하는 등 적극적인 '학교 살리기 운동'을 벌였다. 입학생과 전학생이 늘어나며 더럭초등학교는 2018년에 기적적으로 다시 본교로 승격되었다.

수많은 고난을 굳건하게 버틴 모습이 교육의 가치를 증명하는 듯했다. 알록달록 단장한 건물을 종이 위에 옮겨 담았다. 운동장에서 들려오는 아이들의 웃음소리가 반가웠다. 조용한 마을에 찾아온 활기 덕분에 그림을 그리는 동안 저절로 입꼬리가 올라갔다.

더럭초등학교

제주문화곳간마루 @dcdcjejumaru
상가리에 조성된 무용 예술 스튜디오
무용을 중심으로 한 다채로운
문화예술 프로그램을 운영하고 있다
제주시 애월읍 상가중길 8

몽캐는 책고팡
독특한 책방 이름은 '꾸물거리며
꿈을 캐는 책 곳간'이라는 뜻이다
100년 된 구옥을 고쳐 만든 곳으로
제주의 문화나 전통가옥에 대한 설명도
들을 수 있으며 예약제로 운영된다
제주시 애월읍 고하상로 125-1

인디언키친
@bagdadhouse_indiankitchen
현지인 셰프가 탄두리 화덕에서
요리하는 정통 인도 음식점
제주시 애월읍 애원로 191

까미노 @lifeman21
작은 구릉 위에 세워져 통창으로
하가리의 시원한 풍경을
바라볼 수 있는 카페
제주시 애월읍 고하상로 91-12

연화키친 @yeonhwa_jeju
상가리의 작은 식당
통오징어 안에 치즈가 가득 들어 있는
오징어치즈떡볶이가 대표 메뉴다
제주시 애월읍 상가로 51

연월 @jeju_yeonwol
하가리에서 맛보는 흑돼지돈가스
인기 메뉴 연월돈가스는 한 테이블당
하나만 주문할 수 있다
제주시 애월읍 고하상로 102

꽃향유 @rhc782000
하가리의 디저트 카페로
다양한 액세서리를 파는 소품숍도
함께 운영 중이다
제주시 애월읍 고하상로 101

닮지 않았지만 어울리던 두 마을

제주시 애월읍 곽지리 · 금성리

평소 즐겨 쓰지 않는 선글라스를 찾기 위해 가방을 뒤적였다. 곽지리는 항상 눈이 부셨다. 조개껍질이 오랜 기간 풍화되며 만들어진 하얀 모래 해안 때문이었다.

해변 한쪽에는 오래전 곽지리 사람들이 식수로 사용한 '과물'이라는 용천수가 있다. 한여름에도 1년 내내 물이 뿜어져 나오는데, 물의 온도는 15도 정도로 매우 차가웠다. 남탕과 여탕을 구분해놓은 현무암 구조물 안으로 조심스레 들어가니, 해수욕을 마친 사람들이 소금기를 씻어낼 수 있도록 작은 노천탕이 마련되어 있었다. 곽지과물해변의 이름은 이 용천수에서 따왔다.

대부분의 관광객들이 해변엔 잠깐 머물렀다 떠났다. 언제든 당도하고 또 떠날 수 있는 곳, 그래서 사람들이 바다를 사랑하는 것일지도 모른다. 그러나 나는 이 사랑스러운 백사장을 품고 있는 마을이 궁금해졌다. 해안을 따라 서쪽으로 이어진 길을 걷자, 번화한 곽지리의 상가들이 사라지고, 금성리의 정겨운 돌담들이 나타났다. 이웃하는 두 마을의 분위기가 확연히 달라 인상적이었다. 곽지리 해변이 관광객을 위한 공간이라면, 금성리는 주민들의 삶이 이어지는 일상의 영역이었다.

과물노천탕

옛 금성교회

마을 길을 얼마나 걸었을까? 낡은 건물이 보였다. 금이 간 벽과 깨진 창문이 을씨년스러웠다. 벽에 남은 십자가 표시와 작은 종탑이 건물이 예배당임을 알려주고 있었다. 팻말도 남아 있지 않았지만 예전엔 금성교회 예배당으로 사용된 곳이었다. 현재 교회는 인근에 건물을 새로 지어 옮겨갔다고 한다.

금성리엔 제주 도내 1호 목사이자 첫 번째 순교자 이도종 목사의 이야기가 깃들어 있다. 그는 일제강점기 시절 3·1 운동의 소식을 듣고, 같은 금성리 출신의 제주도 대표 독립운동가 조봉호와 대한민국 임시정부 군자금 모금을 주도했다. 민족을 위한 시국 강연을 했다는 이유로 많은 고초를 겪기도 했다. 광복 후에는 분열된 제주 교회를 회복시키는 일에 열중했다. 특히 중산간 지역의 교인들을 돌보기 위해 노력했다. 제주 4·3 사건으로 흉흉하던 1948년 6월에 지인들의 만류에도 불구하고 교인들을 돌보기 위해 화순교회로 가던 중 안타깝게도 무장대에 의해 희생되고 말았다.

지금의 낡은 옛 금성교회 건물은 1970년대에 지어진 것이다. 교회가 지어지기 전에는 어린 이도종과 그의 가족들은 초가에서 예배를 드렸다. 무심히 걷기 시작한 길 위에서 역사를 만났다. 기억해야 할 역사가 깃든 공간이 무관심 속에 방치되고 있음을 보게 되었다. 그 사실이 끝내 아쉬움으로 남았다.

금성리 돌담

길을 휘돌아 다시 곽지과물해변으로 돌아왔다. 아픈 과거의 역사가 무색하게 여전히 바다는 푸르고 해변은 하얗게 빛났다. 수평선과 해변의 안전감시탑이 보이는 풍경을 그림으로 남겼다. 서퍼들은 서핑보드로 물결을 느꼈고 나는 물감과 붓으로 오늘의 바람과 파도를 만졌다.

심바카레 @simbacurry
바다가 보이는 카레 전문점
여기서 심바는 사장님이 키우는
반려견의 이름이다
제주시 애월읍 금성5길 44-16

꽃밥
제육볶음과 고등어구이가 같이 나오는
강된장쌈밥정식이 대표 메뉴다
제주시 애월읍 일주서로 6059

브릿지카페
아픈 다리를 쉬어갈 수 있는
포근한 분위기의 무인 카페
셀프로 계산하는 시스템이며, 커피와
함께 다양한 차 종류가 준비되어 있다
제주시 애월읍 금성1길 29-3

우미노식탁 @uminosigtag
다양한 주류를 즐길 수 있는 곽지해변 근처의 요리주점
제주시 애월읍 금성5길 42-24

영등할망 섬에 오시네

제주시 한림읍 귀덕리

애월에서 일주서로를 타고 서쪽으로 달려가 한림읍의 첫 마을 귀덕리에 닿았다. 몇 년 전 제주올레 15코스를 걸으며 많은 추억을 쌓은 곳이기도 했다. 내 기억이 깃든 마을과의 재회였다.

귀덕리의 내륙에는 15-A코스가 지나고, 바다 쪽으로는 15-B코스가 지난다. 두 코스 중 하나를 선택해서 걸어도 좋지만, 끝없이 이어지는 밭담을 볼 수 있는 A코스와 바다를 곁에 두고 걷는 B코스 둘 다매력이 있어 여유가 있다면 모두 경험해보기를 권하고 싶다. 최근 귀덕리에는 '영등할망 밭담'이 새롭게 정비되었다. 1시간 내외로 마을의 밭담 사이를 걸어볼 수 있어 기존의 올레코스를 걷는 것이 부담스러운 여행자에게도 좋은 차선책이 되었다.

영등할망 밭담길은 다른 귀덕리 마을과 다른 독특함이 있다. 다른 마을은 외줄로 밭담을 쌓았지만 영등할망 밭담길은 크고 작은 돌들을 모아 넓게 쌓았다. 유난히 두툼한 모양새를 가진 그것을 잣담이라 부른다. 견고하게 쌓은 잣담 위로 생긴 길은 '잣질'이다. 귀덕1리에는 잣질이 있는 잣담이 많아 '잣질동네'라 불렸다.

복덕개

귀덕리의 바다를 만나기 위해 오랜만에 복덕개로 향했다. 귀덕1리 어촌계 사무실 근처에 주차하고 익숙하게 해안길을 걸었다. 옛 기억을 더듬어 도착한 포구는 여전했다. 평평한 갯바위 위에 현무암으로 낮게 쌓인 돌무더기도 변함없었고, 그 너머 거북이 모양 등대도 마을을 잘 지켜주고 있었다. 바다의 청량함도 여전했다. 물빛이 어찌나 투명한지 하얀 모래가 선명히 보일 정도였다.

지금은 배가 드나드는 포구로서의 역할을 거의 상실했지만, 복덕개는 귀덕리의 중요한 상징이었다. 제주에는 수많은 신들에 관한 이야기가 전해 내려온다. 그중 귀덕리는 여신 영등할망과 관련이 깊다. 영등할망은 제주의 땅과 바다에 씨앗을 뿌려주는 신으로 매년 음력 2월 1일에 섬을 찾아와 풍요롭게 해준 뒤 15일에 떠난다는 전설이 있다. 그리고 영등할망이 제주로 들어오는 입구가 바로 이곳 복덕개포구라고 전해진다.

마을을 지켜주는 여러 겹의 방파제와 갯바위 덕분에 포구 안은 파도 소리조차 들리지 않을 정도로 고요했다. 매년 같은 날 제주로 찾아와 바다와 육지를 기름지게 한다는 영등할망과 포구 이름 복덕^{福德}이 잘 어울렸다. 영등할망을 기다리는 포구의 작은 품 안에서 내 마음 또한 풍요로워졌다.

귀덕리 할망당

복덕개 인근에 자리잡은 작은 신당
어민들의 무사귀환과 풍어를 비는
영등굿이 열린다
제주시 한림읍 일주서로 5855-1

귀덕리 테시폰

귀덕리 마을 안에서 우연히
만난 창고로 사용 중인 테시폰
텐트 모양의 곡선 지붕이 인상적이다

거북등대

파도로부터 마을을 지켜주는
방파제 끝에 세워진 거북이 모양의 등대
귀덕리에 온 것을 느끼게 해주는
또 하나의 상징이다
제주시 한림읍 귀덕리 989-9

영등할망 석상

복덕개의 서쪽으로 영등할망 신화공원이
조성되어 있다
여신 영등할망과 함께 제주를 찾는다는
영등하르방과 영등대왕의 이야기도
확인해볼 수 있다

하우스레서피
크림치즈를 곁들인 달지 않고 고소한
당근케이크가 인상적인 곳
제주시 한림읍 일주서로 5892

제주시차 @jeju_sicha
구옥을 고쳐 만들어
시골집에 온 듯 아늑한 카페
앙증맞은 화과자로 유명하다
제주시 한림읍 귀덕5길 20-14

토투가 커피 @tortuga_coffee
토투가는 스페인어로 거북이라는 뜻이다
바다를 보며 맛보는 까눌레가
여행을 행복하게 만든다
제주시 한림읍 귀덕9길 19

집의 기록 상점 @house_rec.store
여러 잡화류도 함께 판매하고 있는
에그타르트 맛집
실내에서는 취식할 공간이 없고,
야외에 테이블이 있다
제주시 한림읍 귀덕11길 60

메리앤폴
부부가 운영하는
수제 흑돼지돈가스 맛집
함께 나오는 수프와 디저트 모두
만족스러웠던 곳
제주시 한림읍 일주서로 5872

롱로드 @longroad4073
귀덕리 마을에 숨은 작은 음식점
부드럽고 촉촉한 수제 함박스테이크가
대표 메뉴다
제주시 한림읍 귀덕3길 36

반짝반짝 지구상회 @jaejudojoa
건강한 바다를 위해 노력하는 사람들이 모여 만든 단체
'재주도좋아'에서 운영 중인 공간
비치코밍을 통해 얻은 바다 유리를 이용해 액자, 브로치 등을 만들어 볼 수 있는
워크숍이 진행된다
제주시 한림읍 귀덕6길 192

한림항에 남은 시간의 흔적

제주시 한림읍 한림리 · 옹포리

한림항과 비양도

한림항 근처에서 만날 수 있는
오래된 모텔

제주 서부의 중심 항구 한림항은 이른 아침부터 활기가 넘쳤다. 밤
새 잡힌 물고기들을 거래하느라 경매장은 새벽부터 환히 불을 밝혔
다. 여객터미널 앞은 비양도에 가기 위해 배를 기다리는 여행자들로
분주했다. 아침잠 없이 또렷한 그들의 눈동자를 보고 있으니 꽉 찬
하루를 보낼 수 있을 것 같은 자신감이 생겼다.

어구를 잔뜩 쌓아놓은 선구점을 지나 한림항의 오래된 골목길로
접어들었다. 번듯하게 지은 한림중앙상가와 그 옆의 남루한 돌창고
가 묘한 대비를 이루었다. 뱃사람들의 고단함을 달래준 오랜 여관의
입구엔 '달방 있습니다'라는 글씨가 쓰여 있었다. 어떤 건물은 그저
바라보는 것만으로도 누군가의 지난 삶을 엿볼 수 있었다. 그 옆 식
당에서는 생선조림 냄새를 향긋하게 풍겨 군침이 돌기도 했다.

한때 작은 어촌 마을이었던 이곳은 일제강점기를 거치며 큰 변화

를 겪었다. 모래밭이 매립되어 항구로 개발되고, 뒤따라 공장이 들어서 오일장이 열리기 시작했다. 이렇게 탄생한 한림항은 1920년대에 어업 수탈 기지이자 군수물자의 유통로로 활용되며 가파르게 성장했다.

항구의 배후지인 한림리와 옹포리가 서부 지역 산업의 중심지가 된 것은 어쩌면 당연한 일이었다. 두 마을에는 군수용 축산 가공 공장과 면화판매소, 제빙 공장, 전분 공장 등이 들어섰다. 해조류인 감태를 이용하여 군수용 염산가리와 요오드를 생산하는 공장도 운영되었는데, 당시 공장 건물 중 일부가 지금도 옹포리에 남아 있었다.

한림중앙상가

3층 규모의 건물에 수십 개의 점포가
입점해 지금도 영업 중이다
단일 건물로는 한림 읍내에서
가장 큰 건축물이 아닐까 싶다
푸근한 읍내 상권을 느껴보고 싶은
여행자라면 둘러볼 만한 곳
제주시 한림읍 한림북동길 7

한림여관

1930년대에 지어진 2층 구조의 목조 기와집으로
당시 한림리 유일의 2층집이었다
1970년대까지 여관, 학원 등으로 운영되다
지금은 민가로 사용되고 있다
4·3 사건 당시 토벌대였던 김익렬 연대장이 부대원
몇 사람과 함께 투숙했는데, 무장대에게
사제폭탄으로 공격을 받은 곳이기도 하다
제주시 한림읍 한림로 629

옛 한림수직 건물

패트릭 J 맥그린치 신부에 의해 1959년에 설립된 옛 한림수직 건물
한림수직에서는 제주 여성들이 직조 기술을 배워 양털로 제품을 만들었고,
품질이 좋아 한때 전국에서 주문이 밀려들 정도로 호황을 누렸다
현재 건물은 한림성당에서 사용하고 있다
제주시 한림읍 한수풀로 20

한라산소주 @hallasansoju

한라산소주를 생산하는 공장
소주가 만들어지는 과정을
가이드의 상세한 안내와 함께
만나볼 수 있는 투어 프로그램을
진행하고 있다
제주시 한림읍 한림로 555

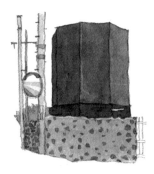

수산물가공공장 물탱크

지금은 성이시돌사료 공장이 들어섰지만
1930년대에는 수산물 가공 공장이었다
사료 공장 뒤편 팔각형 모양의
콘크리트 구조물은 당시 공장에서
식수를 저장하기 위해 설치한 물탱크다
제주시 한림읍 한림해안로 180

옛 옹포리 감태공장

일본인이 1942년 태평양전쟁 때 일본인이 설립한 우에무라 제약회사가 있던 곳
해녀들이 채취한 감태로 군수용 염산가리와 요오드를 생산했다
관리가 되지 않아 허물어진 벽체가
위태롭게 느껴졌다
제주시 한림읍 한림해안로 26

한림성당의 옛 종탑

태평양전쟁 막바지에는 전쟁의 포성이 한림항까지 미쳤다. 1945년 4월 14일 새벽, 비양도 남쪽에는 일본 군함이 정박해 있었다. 해상 봉쇄 작전을 벌이던 미군은 잠수함을 이용해 어뢰를 발사했으며 이 공격으로 정박 중이던 3척의 일본 군함이 모두 침몰했다. 2017년에 이르러 수장된 3척의 군함 중 한 척의 잔해를 수중 탐색을 통해 찾아내었다고 한다. 아름다운 비양도 앞바다에 잠든 이야기치고는 꽤 무시무시하다.

하루의 여행이 끝났고 스케치북엔 몇 장의 그림이 남았다. 긴 시간 걷고 그리느라 팔다리는 뻐근했지만, 풍경이 간직한 이야기를 생생히 더듬을 수 있었다. 두 마을에 남은 미처 다 만나지 못한 이야기들엔 아쉬움이 남았다. 다시 이곳을 찾아올 핑계가 생겼다.

한림칼국수 @hanrimkalgugsu
보말칼국수 맛집
두꺼운 면발에 매생이가 들어가
약간 심심하면서도 시원한 맛이
매력적이다
제주시 한림읍 한림해안로 141

바당길
톳을 넣어 만든 카키색 면발이 시선을
사로잡는다
역시 보말칼국수가 유명한데,
한림칼국수보다 고소한 맛이 강하다
제주시 한림읍 한림서길 18

명랑스낵 @cheerful_snack
동쪽 평대리에 평대스낵이 있다면
서쪽에는 명랑스낵이 있다
떡볶이가 당긴다면 그냥 지나쳐서는
안 되는 곳
제주시 한림읍 한림로 585

한림도새기 @hallim_pig
제주산 돼지 근고기 맛집
흑돼지와 백돼지를 모두 취급하며
상대적으로 가격이 저렴한 백돼지지만
흑돼지에 맛이 뒤처지지 않는다
제주시 한림읍 한림상로 149

우무 @jeju.umu
제주 해녀가 채취한 우뭇가사리를
오랜 시간 끓여 만든 수제 푸딩 전문점
제주시 한림읍 한림로 542-1

달리책방 @dalli_bookcafe

'달빛 아래 책 읽는 소리'라는 의미를
품은 작은 책방
음료나 책을 구매하면
북카페로 이용할 수 있다
제주시 한림읍 월계로 18

보영반점

40년 넘는 역사를 가진 중식당으로
간짬뽕으로 유명하다
제주시 한림읍 한림로 692-1

앤트러사이트 제주

@anthracitecoffeejeju

고구마를 가공하던 옹포리의
옛 전분공장이 카페가 되었다
이곳에서 생산된 당면은 한때 전국으로
판매됐는데, 공장의 옛 분위기를
보존해 더욱 매력적인 곳이다
제주시 한림읍 한림로 564

대문집

옹포리의 향토 음식점
공깃밥을 추가 주문하게 만드는
갈치조림과 시원한 성게미역국을
추천한다
제주시 한림읍 한림로 484

아름답게 지켜진 두 마을

제주시 한림읍 명월리 · 동명리

개발이라는 단어에는 긍정적인 의미가 다분하지만 언젠가부터 경계심을 가지고 이 단어를 대하게 되었다. 국내를 여행하며 만나게 된 몇 장면들 때문이었다.

나는 맹목적인 비개발론자가 아니다. 파괴되지 않은 고유의 자연과 그 안에 피어오른 인간의 뜨거운 삶 모두를 존중하고 사랑한다.

치열한 삶의 투쟁 속에 정착된 문화와 그 흔적을 담은 공간들을 예찬한다. 다만 내 걱정은 개발의 방향성이다. 단기간에 지역의 환경과 문화에 치명적인 훼손을 가져오는 개발, 거주민들을 배려하지 않고 구성원 사이에 심각한 갈등을 유발하는 방식을 우려한다.

그런 와중에 반가운 소식을 듣게 되었다. 외부 자본에 기대지 않고 주민들 스스로의 의지로 속도는 느리지만 작은 변화를 만들어내는 마을이 있다는 것이다. 고민할 필요 없이 서쪽으로 향했다. 한림읍에 워낙 유명한 마을들이 많아 상대적으로 잘 알려지지 않았던 명월리와 동명리가 그곳에 있었다.

명월리는 예로부터 팽나무 아래 글 읽는 소리로 가득했다고 한다. 16세기에 사학 '월계정사'가 건립되었으며, 이는 김녕리에 건립된 김녕정사와 더불어 당시 제주도 지방 교육의 중심지 역할을 했다. 그런 까닭에 마을 곳곳에서 옛 문인들의 흔적을 발견할 수 있었다. 마을 안으로 흐르는 옹포천을 따라가니 지방의 유림들이 풍류를 즐겼다는 명월대가 나타났다. 현무암을 일정한 크기로 다듬어 만든 작은 무지개다리도 만날 수 있었는데, 이 다리는 마을의 훈장을 지낸 오인호와 그의 아들 오진규의 학덕을 기려 제자들이 정성껏 세운 것이라고 했다.

학문의 마을답게 이곳에서 새롭게 떠오르고 있는 명소 역시 배움의 터 위에 만들어졌다. 폐교된 지 무려 30년이 넘은 오래된 공간이 2018년에 카페 겸 문화공간으로 새롭게 탄생했다. 명월리 마을회의 노력 덕분이었다. 학교 공간의 특성이 그대로 남은 이곳은 본래 이름을 따 '명월국민학교'로 운영되고 있다.

　두 마을은 원래는 하나였으나 1861년에 이르러 지금처럼 분리되었다. 동명리는 명월리의 동쪽에 있어 동명월로 불리던 것이 정착되어 동명리라는 이름을 가지게 되었다.

　옆 마을 동명리에도 주민들의 손에 새롭게 태어난 공간이 있다. 넝쿨이 뒤덮인 밭담길을 걷다 보면 귀여운 외모의 동명정류장이 나타난다. 한때 방치되었던 낡은 마을회관 건물이 마을공동체 사업을 통해 지금은 아늑한 카페가 되었다. 명월리와 동명리를 함께 둘러볼 수 있는 수류촌 밭담길도 조성되어 운영 중이다. 동명정류장은 그 길을 걷다 잠시 쉬어가기 좋은 자리에 있었다.

　기분 좋은 산책이 명월성에서 마무리되었다. 현무암으로 이루어진 검은 성벽이 동명리의 들판 위로 긴 허리를 드러냈다. 한때 세 개의 성문을 가지고 있던 규모가 큰 진성은 동쪽 성벽의 일부만 남았다.

계단으로 성벽 위에 올랐다. 왜구를 막기 위해 세워진 성은 자신만의 시야를 간직하고 있었다. 서쪽 바다와 비양도가 나란히 펼쳐지는 풍경에 머릿속이 선명해졌다. 반대편으로는 길게 이어진 밭담이 보였고, 그 너머로는 동명리와 명월리의 앙증맞은 지붕들이 보였다. 지켜진 마을의 풍경이 사랑스러웠다. 이곳을 아름답게 지켜내는 현명한 이들이 있어 다행이었다.

명월성

수류촌
밭담길

명월대
조선 말기에 지방 유림 혹은
묵객들이 풍류를 즐겼던 곳
사각형의 석축 위에 팔각형의 단을 쌓고
다시 그 위에 원형의 반석을 올렸는데,
'하늘은 둥글고 땅은 모나다'는
천원지방天圓地方의 우주관을
따른 것으로 보인다

명월교
30년간 무료로 사학을 운영했던
오인한 선생과 그의 아들 오진규의
학덕을 기려 제자들이 100여 년 전에
세운 돌다리

명월국민학교 @__lightmoon
버려졌던 폐교가
마을 사람들의 노력으로 카페와
문화공간으로 우리 곁에 돌아왔다
제주시 한림읍 명월로 48

동명정류장 @jeju_dm
마을공동체 사업을 통해 방치 중이던
낡은 마을회관이 카페로 거듭났다
수류촌 밭담길을 걸으며 잠시
쉬어가기 좋은 곳
제주시 한림읍 동명7길 26

뵤뵤 @byobyo_cafe
바다에서 멀리 있지만 높은 지대에
건물 한 면이 모두 유리로 되어 있어
서쪽 바다를 전망하기 좋은 카페
제주시 한림읍 명재로 155

콩창고
식당으로 변신한 50년 넘은 돌창고
동명리 협동조합에서 운영하며,
인근 밭에서 생산한 콩으로 만든
'어멍순두부'가 메인 메뉴다
제주시 한림읍 명월성로 55

이익새양과점 @2_ikse_keki
다양한 종류의 파운드케이크를 파는
디저트 가게
깜찍한 일러스트가 그려진 에코백과
마스킹 테이프 등 굿즈도 구입할 수 있다
제주시 한림읍 명월성로 16

어느 보통날

제주시 한림읍 협재리

그날 제주는 흐렸다

퉁명스럽게 불어온 바람이
어느덧 머리를 헝클이고
물결은 제 몸을 떠느라
반짝임을 멈추었다

하늘은 구름으로 가득한데
희뿌연 바다는 눈이 부셔서
실눈을 뜬 채
마주해야만 했다

바다는 원래 그랬다

빛보다 그늘 가까이에 몸을 기울여
청승맞은 표정인 날이 더 많았다

우리는 이미 알고 있지 않았나
켜켜이 밀려오는 삶에서
물빛으로 기억되는 날이 드물다는 것을
단 한 번도 되돌아보지 않는
무채색 나날이 더 많다는 사실을

오늘의 흐림을 그린다
보통의 하루가 특별해진다

3장 소중한 서쪽 마을

협재 수우동 @suudong.jeju
좋아하는 음식점이지만 유명해져
웨이팅이 길어진 것이 아쉽다
냉우동과 핑거돈가스정식을 추천한다
제주시 한림읍 협재1길 11

안녕 협재씨 @hihyeopjae
비빔밥이 주메뉴인 아담한 식당
딱새우장비빔밥과
통전복내장비빔밥이
대표 메뉴지만 특제 간장으로
숙성시킨 수육도 맛있다
제주시 한림읍 협재1길 55

한치 앞도 모를 바다
@jeju_banggu
한치 한 마리와 각종 해산물이
푸짐하게 들어간
즉석떡볶이를 맛볼 수 있는 곳
제주시 한림읍 협재6길 9

협재 온다정 @ondajung
흑돼지로 끓인 곰탕을 내놓는 곳
맑고 담백한 국물이 인상적이다
제주시 한림읍 한림로 381-4

협재식물원 @slow_grow_life
고즈넉한 분위기를 느낄 수 있는 카페
비양도를 바라보며 쉬어가기 좋은
야외 자리가 마련되어 있다
제주시 한림읍 협재1길 53-5

배롱정원 @baerong_garden
협재 마을 안쪽에 있는 브런치 카페
오래된 집을 고쳐 만든 실내 공간도
좋지만, 날씨가 좋다면 정원에 놓인
야외 테이블에 앉기를 추천한다
제주시 한림읍 협재4길 19

협재리 가옥

보아뱀의 실루엣을 떠올리게 하는
비양도의 모습 때문이었을까

아니면 관계에 지쳐 도망치듯
분주한 도시를 떠나왔기 때문이었을까

사막에서 만난 뱀이 어린왕자에게
건넸던 말이 나를 스쳤다

"사람들 틈에 섞여 있어도
외롭기는 마찬가지야"

어린왕자를 닮은
순수하고 투명한 파도가
발가락을 간지럽혔다

안겨 오는 푸른 파도에
잿빛 마음을 씻어냈다

어쩌면 가장 오랜 추억

제주시 한림읍 금능리

이 섬의 모든 것이 낯설었던 때가 있었다.

지금은 문을 닫아버린 제주시 동문 로터리 근처의 바이크숍에서 작은 스쿠터를 대여했다. 그 녀석으로 섬을 한 바퀴 돌아볼 생각이었다. 어설픈 손놀림으로 어영부영 첫 주유를 마치고 나는 무작정 서쪽을 향해 달렸다.

산책 중에 만난 고양이

　자유롭고 멋있을 줄만 알았던 스쿠터 여행의 현실은 상상과 달랐다. 무엇보다 시기가 문제였다. 때마침 이른 장마가 시작되어 제주도에 입성한 첫날부터 부슬비가 내렸다. 비옷을 사러 간 편의점에는 분홍색만 남아 있었다. 비가 내리는 날마다 나는 그때 산 분홍색 비닐을 펄럭거리며 젖은 도로 위를 달렸다. 얼굴에 따갑게 부딪히는 빗물도 야속했지만, 진정한 난관은 제주의 바람이었다. 분명 2차선을 달리고 있었는데 바람에 밀려 어느덧 1차선을 달리게 되자 등 뒤로 식은땀이 흘렀다.

　위태로웠던 제주의 첫날을 마치고 금능리에 도착했을 땐, 다행히

도 종일 내리던 비가 조금씩 잦아들었다. 잘게 떨리는 마음을 진정시키며 금능해변 앞에 스쿠터를 세웠다. 두터운 구름 사이로 거짓말처럼 파란 하늘이 드러났다. 바다는 그보다 더 영롱한 푸른빛으로 물들기 시작했다. 비양도의 모습이 협재리와는 달리 금능리에서는 두 개의 능선으로 보인다는 사실도 그때 처음 알게 되었다. 마음을 달래주는 따스한 풍경에 여행의 고단함과 서러움도 금세 말라갔다.

풍경이 전해주던 위로를 잊지 못해서일까. 금능리는 제주에서 가장 자주 방문하는 마을 중 하나가 되었다. 비양도가 보이는 금능해변 앞에 서니 풋풋했던 그날의 추억이 머릿속에 선명하게 살아났다. 자본의 속도 앞에 이곳의 풍경도 조금씩 변화를 맞이하고 있지만, 서쪽의 바다는 여전히 깨끗하고 영롱했다. 세상의 모든 것이 모험처럼 느껴지던 예전 그 시절처럼.

◯ 금능리는 가까운 바다에 돌을 쌓아 썰물 때 고기를 잡는 어로시설 원담이 지금도 남아 있다. 물이 빠지는 간조에 금능리의 원담 위를 걸어보자. 해안을 따라 이어져 있는 협재해수욕장과 금능해수욕장 사잇길도 파도 소리를 들을 수 있는 훌륭한 산책로다.

3장 소중한 서쪽 마을

아베끄 @bookstay_avec
골목 깊은 곳에 숨어 있는 작은 책방
사랑과 연애, 힐링을 테마로
운영 중이며 책방에 1인실 숙소가 있어
이용할 수 있다
제주시 한림읍 금능9길 1-1

잔물결 @little_waves.jeju
구옥을 고쳐 만든 카페
핸드드립 커피 한 잔을 마시며
바라보는 골목 풍경이 평온하다
제주시 한림읍 금능길 58-1

오시록헌AM @jeju_osirokhern
4~5인이 머물기 좋은
금능리 마을의 독채 펜션
오시록헌은 '아늑하다'라는 뜻의 제주어다
제주시 한림읍 금능6길 8

메리아일랜드 @merryisland_jeju
자체적으로 디자인한 기념품과
빈티지 제품을 팔고 있는 소품숍
예약하면 캔들 만들기 체험을
해볼 수 있다
제주시 한림읍 금능길 80

협재홀라인 @hollain_westjeju
2층은 호텔, 1층은 백패킹·캠핑·
서핑 등 아웃도어와 관련된 브랜드를
소개하는 편집숍
1만 원짜리 라운지 이용권으로 커피와
음료는 물론 샤워실까지 사용할 수 있다
제주시 한림읍 한림로 197

파라토도스 @paratodos3f_jeju
1, 2층은 카페로
3층은 레스토랑으로 운영되고 있다
금능해변과 비양도를 함께 바라볼 수
있는 시원한 전망을 자랑하는 곳
제주시 한림읍 금능길 87

제주밥상 살레 @jejubabsangsalle
예약제로 한정식 코스요리를
내어놓는 집
살레는 제주 부엌에 있는
작은 찬장을 뜻하는 단어다
제주시 한림읍 금능4길 14-1

성아시 @sungasi
해수욕을 마치고 뜨끈한 국물이
생각날 때 가면 좋은 식당
해물라면과 해물뚝배기가
대표 메뉴다
제주시 한림읍 금능길 68

선인장과 무명천 할머니

제주시 한림읍 월령리

월령리 해안 산책로

마을 안 여기저기 자란
선인장들

KBS 신년특집 다큐 〈먼 바당 거믄 땅〉에 출연하게 되면서 월령리를 알게 되었다. 다큐에는 여러 명의 게스트가 나오는데, 제주올레 코스를 걸으며 만나는 제주의 풍경과 출연자들의 이야기를 담는 것이 주된 내용이었다. 그중 나는 제주올레 14코스를 맡았다. 그 길을 걷다가 월령리를 처음 만났다.

제주도는 큰 섬이라 도내에 남다른 매력을 가진 마을들이 참 많았다. 월령리는 특히나 개성이 강했다. 이곳에 처음 방문한 사람이라면 갯바위나 마을의 돌담에도 놀라겠지만, 무엇보다 가득 자라난 선인장에 놀라게 된다.

흥미롭게도 이 선인장들은 누군가 일부러 심어 자라기 시작한 것이 아니라, 오래전 어디에선가 해류를 타고 들어왔다. 이 이야기를 해안 산책로에서 만난 마을 어르신들에게서 더 자세히 들을 수 있었다. 120년 전쯤 한 뿌리가 바다에서 올라오더니 점점 퍼져나가 지금처럼 군락을 이루게 되었다고 한다. 마을 안쪽 길을 걷다 보면 돌담 위에 핀 선인장들도 쉽게 목격할 수 있었다. 물론 일부러 심은 것도 있겠지만 쓸모없어 뽑아 던져둔 것이 제멋대로 자라났다고 해서 피식 웃음이 났다.

마을의 올레를 걷다 작은 녹색 지붕이 앙증맞은 집 앞에 멈췄다. 그곳엔 '무명천 할머니 삶터'라는 표시가 있었다. 4·3 생존 희생자로 이곳에 살았던 진아영 할머니(1914~2004)의 집이었다.

진아영 할머니는 1949년 1월, 한경면 판포리 고향집 울담 밑에서 토벌을 나온 경찰이 발사한 총탄에 턱을 맞고 쓰러졌다. 제대로 된 치료 한 번 받지 못한 채 한 달 동안 사경을 헤매다 극적으로 목숨을 건졌다. 그러나 그날의 상처로 인해 평생 턱에 하얀 천을 두르고 다녀야 했기에 무명천 할머니라 불리게 되었다. 할머니는 턱 총상으로 말을 할 수도, 음식을 제대로 씹을 수도 없어 늘 위장병을 달고 살았다고 한다.

할머니는 의지할 곳 없는 고향을 떠나 언니가 살고 있던 월령리로 이주했다. 생전 거주했던 이 작은 집은 한때 방치되기도 했으나, 다행스럽게도 삶터보존회가 만들어지며 할머니가 거주하던 당시의 모습 그대로 남을 수 있게 되었다. 외롭게 남겨진 문패와 굴뚝에 새겨진 한 마리의 새가 오래 시선을 붙든다. 저 새는 한 많은 삶을 마친 할머니를 하늘나라로 잘 인도해주었을까.

아직 운영 중인 정겹고 작은 점방

진아영 할머니 삶터

마을을 한 바퀴 돌아 다시 월령포구로 돌아왔다.

거친 갯바위 위에서 보라색 열매를 틔우는 선인장이

깊은 상처를 이겨내고 다시 55년을 버텨낸

진아영 할머니의 생애와 닮아 보였다.

가혹한 현실을 버텨내고 시련 속에서

살아남은 것들은 그 자체로 아름답다.

월령리의 풍경이 유난히 찬란한 이유다.

선인장식당

오분자기뚝배기와
성게비빔밥 등이 있는 향토 음식점
월령해안산책로 바로 옆에 있다
제주시 한림읍 월령안길 14-3

쉴 만한 물가

월령리의 바다를 보며 쉬어가기 좋은 카페
상큼한 맛의 선인장주스가 인상적이다
제주시 한림읍 월령안길 28

카페월령 @wollyeong_

월령리 포구를 바라보기 좋은 전망의
카페 겸 레스토랑
건물 내부에 천연 바다동굴이 있어
이색적이다
제주시 한림읍 월령3길 36

아꼬운디 @jeju_akoun_d

월령포구 앞 작은 식당
양념된 돼지고기가 올라가는
산적덮밥이 특별하다
제주시 한림읍 월령3길 27-2

이별을 이야기하는 바다

제주시 한경면 고산리 · 용수리

성 김대건 신부 표착기념관

그날 서울은 밤새 내린 눈으로 하얗게 변해버렸다. 나는 백색의 도시를 뒤로한 채 제주에 도착했다. 공항을 벗어나자마자 불어오는 온화한 공기가 좋았다. 며칠 전 제주에도 눈이 많이 왔다던데, 시내에서는 눈의 흔적을 찾아볼 수조차 없었다. 홀로 희게 눈부신 한라산만이 12월을 실감 나게 해줄 뿐이었다.

한 해가 마무리되는 시기에는 '작별'이라는 단어가 어울리는 곳에 가고 싶었다. 잠깐의 고민 끝에 나는 제주 서쪽 끝으로 향하기로 결심했다. 작은 오름 당산봉을 사이에 둔 이웃마을 고산리와 용수리가 바로 거기에 있었다.

용수리는 멀고 먼 곳에 있었다. 제주 시내에서 서귀포로 넘어가는 것만큼 멀었다. 자동차로 1시간을 달리고 나서야 서쪽 바다에 닿을 수 있었다. 햇살에 반짝이는 포구 앞바다는 겨울이라는 계절이 무색해질 정도로 화사했다. 그 너머로 차귀도가 묵묵히 자신의 자리를 지키고 있었다.

마을로 시선을 옮기자 등대를 닮은 독특한 첨탑이 보였다. 우리나라 최초 사제인 김대건 신부를 기리는 '성 김대건 신부 표착기념관'이었다. 김대건 신부는 1845년에 중국 상해에서 신부 서품을 받았다. 그 후 뱃길을 이용해 다시 입국하는 와중에 풍랑을 만나 28일간 표류하게 되었는데, 구사일생으로 해안에 밀려와 목숨을 구한 곳이 바로 용수리였다고 한다. 본관 건물 오른편에서는 김대건 신부가 타고 온 라파엘호가 복원되어 전시 중이다.

용수리 바로 옆 고산리는 여러모로 특별한 마을이다. 제주도에서 드물게 논농사가 가능했던, 탁 트인 평야지대를 이곳에서 볼 수 있다. 고산리에서는 다른 마을에서 흔히 볼 수 있는 밭담을 만나기가 어려웠다. 이 지역의 토양은 뜨거운 용암과 차가운 바닷물이 만나며 폭발한 작은 화산 알갱이들이 쌓여 형성되었기 때문에 애초부터 돌이 귀했다. 돌이 흔한 제주에서 돌이 귀한 곳이라. 아주 색달랐다.

마을에서 바다 쪽을 바라보니 두 개의 오름이 보였다. 좌측의 오름은 수월봉이고, 우측은 당산봉이었다. 해안가에 좌우로 솟아올라 마치 대문의 기둥마냥 든든히 마을을 지켜주는 모양새였다. 고산리에서 느껴지는 아늑한 푸근함이 마을을 품어주는 두 오름 덕분이 아닐까 싶었다.

느긋하게 마을을 둘러보다 갑자기 마음이 급해졌다. 생각보다 빨리 찾아온 일몰 때문이었다. 차귀도의 일몰을 가장 잘 볼 수 있는 곳인 당산봉의 절벽으로 서둘러 올라갔다. 다행히 늦지 않아 이제 막 시작되는 오늘의 화려한 이별을 바라볼 수 있었다.

고산리에서 바라본 당산봉

수월봉의 고산 기상대
수월봉은 정상 근처까지 자동차로 갈 수 있어
힘들이지 않고 편하게 정상의 전망을 바라볼 수 있다

오래전 입대를 할 적에 친구들과 작은 송별회를 했다. 늦은 시각까지 술잔을 기울이다 새벽녘이 되어서야 아쉬운 인사를 나누었던 봄날의 기억이었다. 한참 걸음을 옮기다 문득 뒤돌아보니, 내가 보이지 않을 때까지 계속 손을 흔들어주던 친구가 있었다. 백 마디 말보다 더 큰 위로가 되었던 손짓이었다.

나 또한 소중했던 올해를 마지막까지 바라보고 싶었다. 바닷바람에 코끝이 시렸지만, 석양이 완전히 사그라질 때까지 저물어가는 하루의 끝을 마음속에 차곡차곡 담았다.

○ 용수리는 제주올레 12코스의 종점이자 13코스의 시작점이기도 하다. 용수리에서 고산리까지 해안으로 이어지는 아름다운 생이기정 바당길은 걷기 좋다. 길은 차귀도를 내려다볼 수 있는 당산봉의 절벽을 따라 이어지는데, 경사가 완만해 그리 힘들지 않다.

❶ 무명서점 (2층) @untitledbookshop
아래층 빵집 이름과 대비되는
책방의 이름이 재밌다
시, 사랑, 정치, 자연의 주제로 구분한
서가를 갖추고 있다
제주시 한경면 고산로 26

❷ 유명제과 (1층)
찹쌀도너츠가 맛있었던
오래된 동네 빵집

다금바리스타 @dagumbaristar
자구내포구에서 마시는
따뜻한 커피 한잔
뱃멀미를 하는 손님을 위한 메뉴
레몬진저티가 눈에 띈다
제주시 한경면 노을해안로 1166

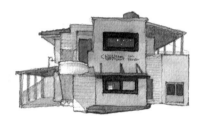

빈2020 @cafe.bin2020
차귀도와 붉은 노을을
편안하게 바라보기 좋은 카페
제주시 한경면 한경해안로 120

열두달 @all.year.round.jeju
계절의 순환을 오롯이 담은 용수리의 카페
제주에서 나고 자란 식재료들로
계절별로 재해석한 디저트를 내놓는 곳
제주시 한경면 용수길 37

수리키친 @surikitchen_jeju
용수포구 풍경을 바라보며 맛보는
이탈리안 파스타와 화덕피자
제주시 한경면 용수리 4117-3

진달래식당 @mirxodnjs
보말칼국수와 돌문어숙회가
인상적이었던 작은 식당
언니네수족관 게스트하우스와 함께
운영 중이다
제주시 한경면 용수3길 38

한경가든
현지인들이 더 많이 찾는 로컬 식당
고등어백반과 전복뚝배기를 추천한다
제주시 한경면 고산리 3565-1

프리즘제주 @prism_jeju
은공예, 매듭공예를 이용한 주얼리를
만드는 공방이자 매장
예약하면 반지, 팔찌 등을 만드는
원데이 클래스를 체험할 수 있다
제주시 한경면 용고로 77

머물고 싶은 포구, 모슬포

서귀포시 대정읍 하모리

    매서운 찬 바람이 불던 겨울에 모슬포로 향했다. 모슬포는 제주도 남서부를 대표하는 항구의 이름이자 그 인근의 번화한 읍내를 포함하는 지명으로 인식되고 있다. 정확한 행정 지명은 서귀포시 대정읍 하모리지만, 도민들도 여행자들도 이곳을 지칭할 때 모슬포라는 이름을 더 즐겨 사용했다.

옛 육군 제1훈련소 정문 흔적

모슬포는 오래전 모슬개 또는 모실개로 불렀다. 모슬개의 '모슬'은 모래를 의미하는 제주 방언 '모살'에서 유래한 것이며, '개'는 포구를 뜻한다. 즉, 모슬포는 단어 그대로 '모래가 있는 포구'라는 뜻이다. 한편 모슬포의 유래를 '못살포'에서 찾는 견해도 있다. 못살포는 환경이 척박하여 사람이 못 사는 땅이라는 것을 빗댄 표현이다. 영상의 기온에도 차가운 바닷바람을 맞아보니 이가 딱딱 부딪힐 정도로 추워서 그 말이 조금은 이해가 되었다.

'못살포'라는 웃기고 슬픈 별명은 6·25전쟁을 거치며 더욱 단단히 자리 잡았다. 1951년 1월에 중공군의 개입으로 전세가 불리해지자 육군은 대구에 있던 제1훈련소를 모슬포로 옮겼다. 대규모 병력과 피란민이 몰려들었고, 인구 2만가량의 조그맣던 읍내는 갑자기 불어난 10만 명의 인구를 감당해야만 했다. 특히 물 부족이 심각해서 훈련병들은 일주일 동안 발 한 번 씻지 못할 때도 있었다.

강병대교회는 1951년에 공병대에 의해 건립된 우리나라에서 가장 오래된 군인 교회다. 건물의 벽체가 현무암으로 되어 있어 손바닥에 닿는 감촉이 특이했다. 6·25전쟁 당시에는 오전에는 개신교, 오후에는 천주교 예배를 드렸다고 한다.

대정현역사자료전시관

1980년까지 대정읍사무소로 사용되던 건물을 활용해 만든 전시관이다
지역의 역사를 한눈에 바라볼 수 있는 사진 및 다양한 자료들을 관람할 수 있다
서귀포시 대정읍 상모대서로 17

옛 모슬포 금융조합 건물

일제강점기에 설립된 식산은행 모슬포지점 건물로 해방 후엔 농협으로 사용했다
일제강점기 건물 모습이 그대로 남아 당시 유행했던 건축 양식을 짐작할 수 있다
서귀포시 대정읍 하모중앙로 84

옛 모슬포교회 예배당

가해자와 피해자만 있던 엄혹한 시대 속에서도 기꺼이 화해자를 자처했던 이가 있었다
제주 4·3 사건으로 주민들을 대상으로 무자비한 학살이 이루어지자
당시 모슬포교회의 담임 목사였던 조남수 목사는 자신의 목숨을 담보로 신원보증에
나섰으며, 그렇게 수많은 희생을 막았다
서귀포시 대정읍 하모이삼로15번길 25

대해식품 공장터

대해식품은 일제강점기에 설립된 곳으로 전복, 소라 등을 가공하는 통조림 공장이었다
한때 통조림 생산으로 도내 1, 2위를 기록할 정도였지만 지금은 문을 닫았다
서귀포시 대정읍 신영로 68-20

◯ 모슬포는 우리나라 최남단 섬 마라도, 청보리 섬 가파도로 떠나는 여객선이 출항하는 항구다. 1971년 12월 21일 국가어항으로 지정된 모슬포는 한때 전남 목포까지 정기항로가 있었고 1918년에는 일본 오사카 항로도 취항했다. 당시 오사카 가는 배가 입항하는 날의 부두는 인산인해였다고 한다.

포구와 모슬봉

포구로 들어서는 입구부터 사람이 많더니 횟집마다 만석이었다. 겨울이 제철인 고등어나 방어를 맛보기 위해 찾아온 사람들로 포구는 골목마다 활기가 넘쳤다. 추운 겨울을 나기 위해 오동통하게 살을 찌운 방어의 유혹이 여행자의 발길을 붙잡았다. 지방질이 풍부한 제철 생선들은 현지인들이 겨울을 나는 데에 중요한 영양소 공급원 역할을 했으리라.

마을이 품은 고단한 역사를 아는지 모르는지 모슬포의 물빛은 아름답기만 했다. 작은 마을에서는 느낄 수 없는 읍내의 분주함이 있고, 홀로 시간을 보내기 좋은 카페와 술집, 작은 책방, 오래된 여관을 고쳐 만든 게스트하우스 등 머물고 싶은 공간들이 가득한 모슬포. 이제 '못살포'라는 조금 짓궂은 별명은 과거의 저편으로 흘려보내도 좋을 것 같다.

앙카페 @jeju_uncafe

해성이용원이라는 간판이 독특한
포구 앞 카페
사장님은 부친이 오랫동안 운영하시던
이용원을 물려받아 지금의 카페를
열었다고 한다
서귀포시 대정읍 하모항구로 75-1

어나더페이지 @anotherpage_books

골목 안 작은 책방
북카페를 함께 운영 중이며,
공정무역 커피 원두를 구입할 수도 있다
서귀포시 대정읍 동일하모로220번길 19

수눌음

날씨가 쌀쌀해지면 방어가 생각난다
회, 회국수, 조림, 탕이 모두 나오는
대방어 세트가 만족스러운 곳
서귀포시 대정읍 하모항구로 50

산방식당 @sanbang_official

밀면과 수육으로 유명한 식당
시원하면서도 깔끔한 육수가 일품이다
서귀포시 대정읍 하모이삼로 62

레몬트리 게스트하우스
오래된 여관을 고쳐 운영하는
게스트하우스
현대여관이었던 건물은 1970년대에
지어진 당시에는 특급 여관이었다
읍내의 2호점을 함께 운영 중이다
서귀포시 대정읍 하모항구로 70

와토커피 @watocoffee
직접 로스팅한 원두를 이용한
블렌딩 커피를 합리적인 가격으로
맛볼 수 있는 곳
수제 바닐라 크림이 올려진
와토알프스도 추천한다
서귀포시 대정읍 동일하모로 238

올랭이와 물꾸럭 @olangjeju
올랭이(오리)와 물꾸럭(문어)이 들어간
고소하고 진한 국물이 술을 부른다
겨울에는 예약제로 방어 코스 요리를
선보인다
서귀포시 대정읍 신영로 93-5

미영이네식당
모슬포에서 고등어회를 떠올리면
가장 먼저 생각나는 곳
웨이팅이 싫다면 식당 뒤쪽의
올레농수산에서 포장해 갈 수도 있다
서귀포시 대정읍 하모항구로 42

외로워서 행복했던 밤

서귀포시 대정읍 가파리

본섬과 달리 밝고 푸른
가파도의 돌담

흐렸던 7월, 운진항에서 가파도로 가는 배에 탑승했다.

15분 남짓 짧은 뱃길에 불과했지만, 섬에서 다시 섬으로 가는 여정은 주로 차량을 이용했던 여행에 신선한 자극을 주었다. 탑승한 지 얼마 되지 않았는데도 저 멀리 낮게 엎드린 가파도의 능선이 금세 가까워졌다.

가파도 선착장은 섬에서 가장 많은 사람을 만날 수 있는 곳이다. 이제 막 도착한 승객들이 우르르 하선하며 그들이 남긴 빈자리가 본섬으로 돌아가려는 사람들로 바삐 채워졌다. 가파도는 그리 큰 섬이 아니었다. 하지만 막 도착한 여행자들 대부분은 몇 시간 뒤 본섬으로 떠나는 배를 다시 타야 했기에, 한정적인 시간을 효율적으로 활용하기 위해 분주했다.

선착장을 벗어나자 꼬리를 세우고 달려오는 고양이 한 마리를 만났다. 애옹애옹 울며 길바닥 위에 몸을 뒤집는 모습에 저절로 미소가 지어졌다. 연고가 없는 섬에 반겨주는 누군가 있다는 것이 이렇게 고마울 줄이야.

가파도에 갈 때면 항상 하룻밤을 꼬박 머물고 왔다. 마음 바쁜 여행자라면 핵심 코스인 제주올레 10-1코스를 따라 걸어도 되지만, 1박을 하는 나에겐 남는 것이 시간이었기에 닿는 대로 걸음을 옮겼다. 선착장이 있는 상동 마을을 벗어나니 너른 들판이 펼쳐졌다. 봄에는 푸른 청보리밭이 일렁이는 곳이지만, 수확이 끝난 시기라 까만 흙이 드러나 있었다.

가파도는 국내의 유인도 중 키가 가장 작은 섬이다. 제일 높은 지점이 겨우 해발 20미터라고 하니, 그야말로 바다 위에 납작 엎드려 있는 책받침 같은 섬이라고 할 수 있겠다. 섬의 한가운데에 예전에는 없던 전망대 하나가 들어서 있었다. 전망대라 하는 것도 민망할 정도로 계단 몇 개만 오르면 되는 낮은 높이었다. 그런데도 그곳에 오르니 섬 주변 풍경이 시원하게 펼쳐졌다. 북쪽으로는 알록달록한 상동 마을과 제주도 본섬이, 남쪽으로는 아득한 수평선과 마라도가 보였다.

상동 방파제에서 바다로 뛰어들 수 있는 녹색 미끄럼틀

가파도의 청보리

3장 소중한 서쪽 마을

짧은 노을과 함께 밤이 찾아왔다. 그나마 남아 있던 여행자들이 마지막 배를 타고 떠나자 고요가 찾아왔다. 7월에도 밤공기는 꽤 서늘했다. 마을의 작은 불빛이 사라지며 완전한 어둠이 찾아왔다. 고요한 수평선은 어선들이 뿜어내는 고단한 불빛들로 찬란했고, 청보리 수확이 끝난 검은 들판은 맹꽁이의 합창으로 풍성히 채워졌다.

가끔은 고립을 자처한다. 차단된 세상에서야 느껴지는 해방감에 기뻐하고, 고독 사이에서 깨어나는 잊힌 감각에 안도한다. 외로워서 행복했던 밤. 가파도에서의 하루가 저물었다.

가파도 여객선터미널
낮은 섬 가파도에 어울리도록
낮은 층고로 설계되었다
서귀포시 대정읍 가파로 246

블랑로쉐 가파도점 @blancrocher_gapado
땅콩을 재료로 한 우도점의 메뉴와
차별화해 가파도의 보리를 이용한
시그니처 메뉴를 판매한다
이곳에서만 맛볼 수 있는
가파도보리크림라떼,
청보리아이스크림이 이색적이다
서귀포시 대정읍 가파로 239

가파도사진관 @gapadois_land
가파도 마을 사진관이자 섬 문화를 보존, 기록하는 작업 공간
이곳을 운영하는 유용예 작가는 가파도의 해녀이기도 하다
서귀포시 대정읍 가파로 71

전망대식당

전복솥밥, 생선조림 등
부담 없는 한식집
섬 한가운데에 위치해 접근성이 좋다
서귀포시 대정읍 가파로67번길 58

가파도김진현핫도그
@gk_hotdog

가파도에 온 사람들은 꼭 먹는다는
유명한 핫도그 가게
두 겹으로 정성껏 튀겨내
겉은 바삭하고 속은 촉촉하다
서귀포시 대정읍 가파로67번길 95-7

가파도용궁정식 @gapado.yonggungjeongsik
푸짐한 한상차림으로 시선을 압도하는 용궁정식을 추천한다
서귀포시 대정읍 가파로67번길 7

흐린 추억도 아름다운 마을

서귀포시 안덕면 사계리

　제주도 하면 유채꽃을 떠올리는 사람들이 많다. 유채꽃이 아름다운 마을이 참 많다는 의미다. 그중에서도 사계리는 최남단에 위치해 다른 지역보다 조금 더 일찍 만개한 유채를 볼 수 있다.

　사계리에는 자랑할 것들로 가득하다. 동쪽에 산방산, 북쪽에 단산이 솟아 있고, 남쪽으로는 용머리해안이 바다를 응시하고 있다. 송악산 방향으로는 제주도의 해안도로 중 최고의 조망을 자랑하는 사계 해안도로가 놓여 있다. 이곳에서는 에메랄드빛 바다와 그 위로 떠 오른 형제섬을 볼 수 있다. 다른 마을 사람들이 질투할만한 아름다움이 이만저만이 아니다. 이 마을의 이름이 고운 모래와 푸른 물이 어우러진 곳이라는 뜻의 명사벽계明沙碧溪에서 유래했다는 이야기에 수긍할 수밖에 없는 이유다.

산방산이 보이는 사계리 골목에서

부러운 것투성이인 사계리지만, 안타깝게도 방문할 때마다 날씨가
흐렸다. 여행에는 날씨가 중요하다는 말이 있을 정도인데 사계리는
늘 내 기대를 비껴갔다. 나에게 사계리는 맑은 하늘보다 차가운 빗방
울로 기억되었다. 그런데도 산방산의 위엄 넘치는 모습은 분명 압도
적인 면이 있었다. 밥그릇을 엎어놓은 듯 둥글고 거대한 봉우리는 비
구름 따위로 가릴 수 없는 거대한 존재감을 내뿜었다. 사계리에선 흐
린 추억마저 아름답다.

○ 제주 3대 명산은 한라산, 성산일출봉, 산방산이다.

산방산 허리에서 용머리해안을 보면, 제주에 어울리지 않는 범선이 있다. 물에 띄울 수 있는 진짜 배는 아니고, 배 모양으로 만든 '하멜상선전시관'이다.

　　전시관은 1653년에 네덜란드 상인 헨드릭 하멜Hendrik Hamel이 일행들과 함께 제주도에 표착할 당시 타고 온 스페르웨르Sperwer라는 이름의 배를 모티브로 만들어졌다. 전시관 내부에는 17세기 네덜란드 상인들의 생활상과 하멜이 조선에 표류해 고국으로 돌아가는 과정에 관한 기록이 있다. 하멜은 난파된 이후 15년이 지난 1668년에야 네

하멜상선전시관

함께 그린 그림들

덜란드로 돌아갈 수 있었다. 귀국 후 그가 쓴 《하멜표류기》는 한국의 지리·풍속·정치·군사·교육·교역 등을 유럽에 소개한 최초의 문헌이 되었다.

2019년, 사계리 책방 '어떤 바람'과 〈제주, 빛나는 순간&재주, 빛나는 순간〉이라는 프로젝트를 진행했다. 참여해준 도민들과 골목길을 걸으며 마을의 풍경을 그림으로 담았다. 봄과 가을에 걸쳐 여러 번의 워크숍을 진행하며 서울과 사계리를 오갔던 과정이 쉽진 않았다. 하지만 마을의 풍경을 그리며 나누었던 따뜻한 이야기와 유쾌한 웃음이 선명히 남았다.

프로젝트의 마지막 일정은 마을의 상징인 산방산을 그리는 것이었다. 참가자들과 옛 농협 건물 옥상에서 산방산과 용머리해안이 보이는 풍경을 그렸다. 그림 여행을 하며 느낀 즐거움을 누군가와 나눌 수 있어 행복했다. 동행해준 모든 이들에게 이 책을 통해 고마운 마음을 전하고 싶다. 당신들과 함께한 두 계절, 나 역시 '빛나는 순간'이었다.

산방산과 용머리해안

❶ 사계생활 @sagyelife
로컬 여행자를 위한 콘텐츠 저장소
1층은 카페와 소품숍,
2층은 제주 로컬 매거진 〈iiin[인]〉을
펴내는 '재주상회'의 오피스
옥상은 사계리의 풍경을 바라볼 수 있는
훌륭한 전망대다

❷ 사계부엌 @iiintable
사계생활 앞의 창고가 요리로 제주의
문화를 읽어볼 수 있는 공간으로
꾸며졌다
원데이 쿠킹 클래스와 예약제 팝업식당이
운영되고 있다
서귀포시 안덕면 산방로 380

뷰스트 @viewst.jeju
사계해안 인근의 베이커리 카페
자신감 넘치는 이름처럼 송악산,
형제섬, 사계바다를 한눈에
담을 수 있는 멋진 전망이 인상적이다
서귀포시 안덕면 형제해안로 30

레이지박스 @jeju_lazybox

산방산 중턱에서 용머리해안과 사계해안을 바라볼 수 있는 멋진 전망의 카페
달지 않은 포슬포슬한 당근케이크가 만족스럽다
서귀포시 안덕면 산방로 208

사계의 시간

하루 50인분만 판매하는 장어덮밥 맛집
아침 9시에 문을 열지만
재료가 소진되면 문을 닫으니 방문 전
전화 문의를 하는 것을 권한다
서귀포시 안덕면 사계남로 214

진미명가

특별한 날에는 특별한 다금바리회를 먹는다
강창건 명인이 운영하는 곳으로 사전 예약은 필수다
서귀포시 안덕면 사계남로 167

춘미향
한 끼 식사로 고기와 생선을
모두 맛보고픈 사람에게 추천하는 식당
목살구이, 보말미역국, 옥돔구이,
딱새우장이 포함된 춘미향정식이
대표 메뉴다
서귀포시 안덕면 산방로 382

소봉식당 @jeju_sobong
김소봉 셰프의 손맛을 느낄 수 있는
일본 가정식 전문점
미소가츠정식과 치킨남반정식을
추천한다
서귀포시 안덕면 사계로 191

고요소요 @koyosoyo_jeju
골목 안 아기자기한 소품가게
자연 친화적인 감성이 돋보인다
서귀포시 안덕면 사계남로 80

어떤 바람 @jeju.windybooks
마을 안 작고 포근한 책방
독서토론모임 등 크고 작은 프로젝트가
열리는 문화공간의 역할도 하고 있다
서귀포시 안덕면 산방로 374

태풍 전야의 사계리

3장 소중한 서쪽 마을

비 오는 날의 사계해안

숨겨두고 싶은 마을

서귀포시 안덕면 대평리

"나는 대평리가 참 좋더라고."

고향은 인천인데 제주를 집처럼 오가는 친구가 있다. 녀석에게 요즘 마을에 머무는 여행을 하고 있다고 하니, 자신이 아끼는 곳이라며 넌지시 대평리를 추천해주었다.

처음 대평리로 향했던 날이 아직도 잊히지 않는다. 마을에 닿기 위해서는 군산과 월라봉 사이의 좁은 도로를 지나가야 했다. 오름의 기슭을 지나가자 내리막길이 나타났고, 그 너머로 탁 트인 대평리의 들판과 바다가 펼쳐졌다. 연극의 막이 바뀌듯 극적인 풍경의 변화였다.

마을의 옛 이름은 '난드르'다. 제주어로 '너른 들'이라는 뜻이며, 이것이 한자로 대체되며 지금의 대평大坪이라는 이름으로 정착되었다. 대평리는 남쪽으로는 바다가, 북쪽과 서쪽으로는 오름과 절벽으로 둘러싸여 있기에 교통이 불편한 곳이다. 아이러니하게도 그 불편함 탓에 상대적으로 개발이 늦어지며 마을의 원형을 지킬 수 있게 되었다. 대평리엔 여전히 풋풋함이 감돌았다.

최근 여행자들 사이에 입소문이 나고 이주민들도 늘어나며 대평리도 변화를 맞고 있었다. 부디 개발의 방향과 속도를 잘 조절하여 이곳만의 호젓한 매력이 오래 지켜지기를 바란다.

박수기정을 만나기 위해 파도 소리 가득한 해안도로를 걸어 대평
포구로 향했다. 박수기정은 샘물을 뜻하는 박수와 절벽을 뜻하는 기
정이 합쳐져 만들어진 단어다. '바가지로 마실 수 있는 샘물이 솟아
나는 절벽'으로 해석하면 된다. 포구에 도착하기도 전에 내 시선은
저 멀리, 거대한 해안절벽에 닿아 있었다. 100미터가 넘는 높이의 수
직 절벽이 바다 방향으로 수백 미터나 길게 뻗어 있었다. 절벽의 표
면은 주상절리가 만든 반복적인 세로무늬가 덧입혀져, 중후한 존재
감을 내뿜었다. 박수기정이 대평리 여행의 하이라이트라는 의견에는
차마 반대 의견을 내비칠 수 없었다.

그 후로 여러 번 대평리에 머물렀다 떠나기를 반복했다. 이곳의 풍
경은 방문하면 할수록 마음 속에 더 깊게 각인되는 신비로운 매력이
있었다. 친구 녀석이 이곳을 아끼는 까닭을 그렇게 점점 더 이해하게
되었다. 아무도 모르게 꽁꽁 숨겨두고 싶은 곳. 그러나 욕심을 애써
누르고 제주를 아끼고 사랑하는 이에게 조심스레 권하고 싶은 곳. 대
평리는 그런 마을이었다.

○ 포구 옆으로 이어진 길을 따라 박수기정 위로 올라갈 수 있다. 대평리 마을 풍경을 내려다볼 수 있는 멋진 전망을 감상할 수 있지만, 좁고 가파른 돌길이라 비가 오는 날에는 오르지 않는 것을 권한다.

카페 두가시 @97nono_dugasi
두가시는 제주도 방언으로 부부라는
뜻으로, 부부가 운영하는 마을 카페다
밖에서는 잘 보이지 않지만 카페에
들어서면 보이는 작은 마당이 매력적이다
서귀포시 안덕면 대평감산로 9

라림부띠끄호텔
전체 객실에 테라스를
갖추고 있는 모던한 호텔
가끔 동네 길냥이들이
테라스로 찾아온다
서귀포시 안덕면 대평로 39

카페 루시아 @jeju_lucia_
박수기정 전망이 아름다운 카페
최근 확장하여 신관 건물이 생겼다
서귀포시 안덕면 난드르로 49-17

물고기 PNB @hyejin__lee_20081108
해가 지는 대평리 들판을
바라볼 수 있는 독채 숙소
최근 숙소로 전환되었고, 그전에는
오랫동안 카페로 이용되었다
서귀포시 안덕면 난드르로 25-7

까사디노아 @casadinoa_jeju
서울 연남동에서 대평리로 이사 온
이탈리안 레스토랑
도톰한 로마식 피자 '핀사'로 유명하다
서귀포시 안덕면 대평로 42

용왕난드르식당
보말요리로 유명한 향토 음식점
보말죽과 보말칼국수는 물론, 흔히
보기 힘든 보말수제비도 맛볼 수 있다
서귀포시 안덕면 대평감산로 8

해조네 @jeju.haejo
보말성게요리 전문점
보말죽과 성게비빔밥이
인상적이다
서귀포시 안덕면 대평감산로 12

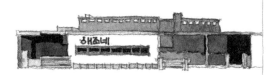

서로상회 @seoro35
민트색 건물이 시선을 사로잡는다
의류, 패션잡화, 라탄제품 등을
취급하는 작은 잡화점
서귀포시 안덕면 대평감산로 35

4장

다정한 중산간 마을

금오름을 품은 중산간 마을

제주시 한림읍 금악리

　도시에서의 하루가 저물었다. 화려한 도심의 불빛은 반복되는 회색빛 일상과 맞닿아 있었다. 여행은 결국 일상 속 결핍을 채우는 행위라고 했다. 영혼의 휴식을 위해 푸르른 중산간으로 가야만 했다.

　제주도 중산간은 해발 200미터에서 600미터 사이의 고지대로 해안 마을과 한라산 국립공원 사이를 연결하는 완충지역이다. 그만큼 자연과 가까운 삶을 살 수도 있지만, 불편함도 적지 않았다. 밤이 되면 완벽한 어둠에 잠겼다. 잠옷 차림으로 슬리퍼를 질질 끌고 갈 수 있는 24시간 편의점도 없다. 잠깐 내린 눈 때문에 단시간에 세상으로부터 단절되기도 한다. 숨 가쁜 일상과 거리를 두고 싶은 이들에겐 더할 나위 없이 아늑한 도피처가 되어준다.

　평화로로 차를 몰다가 한림 방향으로 빠졌다. 도로 옆으로 삼나무들과 푸른 목초지를 지나, 뱅듸못이라는 작은 저수지 옆에 차를 세웠다. 고요한 수면을 비친 오름의 모양새가 정겨웠다. 서쪽을 대표하는 중산간 마을 금악리의 풍경이었다.

금악리는 500여 세대가 모여 사는 작은 마을이다. 이곳에도 슬픔의 역사가 존재한다. 금악리는 예로부터 작은 샘이 많아 밭농사와 목축으로 부촌을 형성했는데, 지금보다 훨씬 넓은 지역에 크고 작은 마을을 이루며 살았다고 한다. 그러다 일제강점기 때 심한 착취를 겪으며 가난에 빠졌다. 이후 1948년에 발발한 4·3 사건이 거듭되자 마을이 통째로 붕괴되었다. 당시 토벌대였던 경찰과 군인에 의한 학살에, 무장대에 의한 보복까지 더해지며 많은 주민이 희생되었다. 이후 소

새별오름 나홀로나무

개령으로 마을 사람들 대부분은 해안으로 내려가 흩어졌다. 웃동네, 중가름, 오소록이동네 등의 작은 부락이 이 과정에서 사라졌다. 4·3 사건을 거치며 금악리에서만 300여 호의 가옥이 파괴되고, 152명의 주민이 학살되거나 행방불명되었다고 전해진다.

살아남은 금악리 사람들은 파괴된 부락 중 하나인 벵듸가름에 돌아와 마을을 재건했다. 지금 남아 있는 금악리의 모습은 그들의 눈물겨운 투쟁의 결과물이다. 마을에 잘 정리된 금악 마을 4·3길을 걸어보았다. 표지판에 의지해 가까스로 흔적을 찾을 수 있는 마을 터는 이름 모를 풀만 가득했다. 우리가 잊지 말아야 할 가슴 아픈 역사가 그 길에 새겨져 있었다.

금악리에 절망만 가득했던 것은 아니다. 성이시돌목장에는 가난했던 제주인의 삶 속에서 작은 희망이 되어준 맥그린치 신부에 관한 이야기가 있다. 아일랜드 사람인 패트릭 J 맥그린치 신부는 1954년 제주 한림본당에 선교사로 부임하며 제주와 인연을 맺었다. 그는 가난한 지역민을 돕기 위해 축산업 교육과 낙농 사업을 펼쳤다. 1959년에는 양털을 이용해 옷을 짜는 한림수직을 설립했으며, 1961년에는 축산업 교육을 목적으로 성이시돌목장을 세웠다. 마을 북쪽에 만들어진 성이시돌목장은 가난한 지역민들을 구제하기 위한 맥그린치 신부의 노력이 오롯이 맺힌 공간이다.

금악리를 떠나기 전 마지막 일정으로 금오름을 선택했다. 정상으로 향하는 길은 시원한 삼나무 숲길로 시작했다. 가파른 오르막길을 20여 분쯤 걸었을까. 나무가 점점 사라지고 하늘이 열리기 시작했다. 정상에 도착하자 이마에 맺힌 땀을 훔칠 여유도 없이 나도 모르게 탄성이 튀어나왔다.

제주어로 분화구를 굼부리라고 한다. 금오름은 우뚝 솟은 높이도 남다르지만, 그보다 웅장한 굼부리에 시선을 빼앗기게 되는 오름이었다. 운 좋게도 전날 내린 비 덕분에 굼부리에 작은 산정호수가 만들어져 있었다. 푸른 수풀과 순결한 호수 그리고 저 멀리 바다가 보이는 풍경은 아름답다 못해 비현실적으로 느껴졌다.

해가 저물 때까지 그 아름다운 능선을 떠나지 못했다. 일상의 얼룩은 아름다운 자연 앞에서 희석되어버렸다. 자신의 아픔보다 더 큰 위로를 내어주는 금악리의 너른 품이 고마웠다.

카페 오드리 @cafe_audrey
금오름에 들렀다가 잠시 쉬어가기 좋은
마을 안 포근한 카페
제주시 한림읍 한창로 1294

카페 캘리포니아
@cafecalifornia
미국 감성 물씬 풍기는
수제 햄버거 맛집
제주시 한림읍 금악남1길 8

우유부단 @uyubudan
성이시돌목장의 유기농 우유로 만든
음료와 유제품을 맛볼 수 있는 곳
제주시 한림읍 금악동길 38

금악정육식당
현지인들이 많이 찾는 가성비 좋은 흑돼지 전문 정육식당
제주시 한림읍 중산간서로 4302

성이시돌센터

목장 안내와 맥그린치 신부가 헌신했던
양돈 사업 및 한림수직에 대한 설명을
만날 수 있다
묵주 등의 성물과 목장에서 생산되는
우유로 만든 유제품 등도 판매한다
제주시 한림읍 금악북로 353

패트릭 J 맥그린치 (1928-2018)

한국명 임피제 신부
1954년 제주로 부임한 후 64년간
제주 근대화·경제발전의 견인차
역할을 했다

성이시돌목장의 테쉬폰

성이시돌목장에는 제주도에서만 볼 수 있는 특이한 건축물
이 있다. 테쉬폰이라 불리는 이 건축물은 곡선 형태의 텐트
모양과 비슷하다. 합판을 말아 지붕과 벽체의 틀을 만들어
고정한 후 틀에 억새나 시멘트 등을 덧발라 만든 건축물이
다. 맥그린치 신부가 고향 아일랜드에서 배운
건축 기술을 이용해 1961년 성이시돌목장
의 주택, 1963년 성이시돌목장의 사료공
장, 1965년 협재성당 등이 같은 방식으
로 지어졌다.

숲속에 피어난 예술

제주시 한경면 저지리

커튼 사이로 비집고 들어온 햇살이 얼굴을 간지럽혔다. 베개 속에 파묻었던 고개를 들어 창문을 열었다. 유난히 하늘이 파랗고 온순했으며 공기는 포근했다. 몇 발짝 가깝게 다가온 봄 덕분에 게을러지던 가슴이 다시 뛰기 시작했다. 침대를 벗어나 제주의 봄 속으로, 서쪽 중산간 마을 저지리의 품으로 뛰어들었다.

마을로 찾아온 여행자를 가장 먼저 반기는 것은 골목을 채우던 새 지저귀는 소리였다. 드문드문 자리한 민가들을 제외하고는 온통 푸른 숲으로 둘러싸여 중산간 한가운데에 있는 것이 실감났다. 마을회관 근처에서 배낭 하나 단출하게 메고 찾아온 여행자들의 모습이 보였다. 저지리는 올레꾼들에게 더 유명한 마을이다. 제주올레 13코스의 종착점이자 14, 14-1코스의 시작점. 제주 서쪽 곶자왈과 오름을 사랑하는 여행자들에게 저지리는 낯선 곳이 아니었다.

자동차로 이동하는 와중에 좋아하는 도로가 나왔다. 도로에도 취향이 있는 법이다. 마을회관이 있는 중동에서 2차선 도로인 용금로를 따라 동쪽으로 뻗은 1킬로미터 구간. 가로수로 제주도에 자생하는 녹나무가 심어져 저지리의 녹음과 더불어 독특한 분위기를 만들었다. 영원히 이어졌으면 하는 바람이 들 정도였다. 짧아서 아쉬운 그 아름다운 길은 저지예술인 마을로 이어졌다.

숲이 아름다운 저지오름

4장 다정한 중산간 마을

저지예술인 마을은 1999년에 건립되었다. 예술가의 창작 활동을 지원하고 지역 문화예술 발전을 위한 작업 공간과 전시 공간 등을 갖춘 문화예술인촌의 설립이었다. 2007년에는 도립 제주현대미술관이 개관했으며, 2016년에는 물방울 작가로 유명한 김창열 화백의 작품을 소장하고 있는 김창열미술관이 문을 열었다. 2019년에는 예술작품 수장 전용시설인 '공공수장고'를 개관하는 등 마을에 예술의 향취를 더했다.

저지리에는 자랑거리가 하나 더 있다. 마을 가까이 봉긋하게 솟아 어디에서나 쉽게 확인할 수 있는 든든한 보물. 이 마을에 꼭 와보고 싶었던 이유를 하나로만 설명하라고 한다면, 단연코 저지오름을 이야기할 것이다. 저지오름은 오름의 입구에서부터 정상까지 빼곡하게 채워진 숲으로 유명하다. 2005년에는 '생명의 숲'으로 지정되었고, 2007년에는 아름다운 숲 전국대회에서 대상을 받기도 했다.

오름 입구에서 정상까지는 대략 40분이 소요되었다. 가파른 구간이 많지 않아서 이마에 땀이 살짝 맺힐 무렵이면 정상에 도달할 수 있었다. 억새로 가득한 다른 오름과는 달리 정상부에도 나무가 많은 것이 이색적이었다. 햇빛을 피할 수 있는 그늘이 많아 여름에 찾아와도 좋을 게 분명했다.

전망대에 오르니 제주 서쪽의 풍광이 시원스레 펼쳐졌다. 넓고 평탄한 사면 위에 오름들이 앙증맞게 솟아 있었다. 제주 동쪽의 풍경이 장엄한 느낌이라면, 서쪽은 아늑함과 포근함을 전해주었다. 조금 더 서쪽으로 시선을 돌리니 협재바다와 비양도가, 더 남쪽으로는 당산봉과 산방산이 그림처럼 펼쳐졌다. 흐린 날씨에도 멀리 한라산의 봉우리와 능선이 보였다.

아름다운 풍경에 저절로 미소가 지어졌다. 겨우내 움츠러들었던 마음이 활짝 피어나는 듯했다. 오름 위로 불어오는 바람이 조금 쌀쌀했지만, 기꺼이 스케치북을 펼쳐 제주의 이른 봄을 종이 위에 담았다.

문화예술공공수장고
2019년에 개관한
예술작품 수장 전용시설
제주시 한경면 저지12길 84-2

제주현대미술관
@jmoca35

현대미술 작품을 소장 및
전시하며 창작스튜디오를
운영하고 있는 도립미술관
제주시 한경면 저지14길 35

제주도립 김창열미술관 @kimtschangyeulartmuseum
동서양의 가치를 구현한 물방울 작가 김창열 화백의 정신을 기리는 미술관
제주시 한림읍 용금로 883-5

우호적무관심 @woomoo.cafe

제주현대미술관 바로 옆 깔끔한 카페
비 오는 날의 분위기도 좋은 곳이다
제주시 한경면 저지12길 103

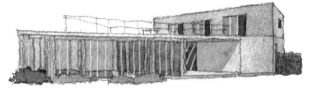

카페담담

커피와 생강케이크가 맛있는 조용하고
아늑한 분위기의 로스터리 카페
제주시 한경면 저지12길 60

환상숲곶자왈공원
@hwansang_forest

제주의 천연 원시림인 곶자왈을
숲해설가와 함께 둘러볼 수 있는 곳
제주시 한경면 녹차분재로 594-1

명리동식당 @jeju_myeongridong_
현지인과 여행자 모두가 즐겨 찾는
흑돼지 연탄구이 전문점
흑돼지 자투리 고기와 김치전골이
대표 메뉴다
제주시 한경면 녹차분재로 498

책방 소리소문 @sorisomoonbooks
오래 머물고 싶은 저지리의 책방
이름은 작은 마을의 작은 글
(小里小文)이라는 뜻을 품고 있다
제주시 한경면 저지동길 8-31

뚱보아저씨
9,900원에 갈치구이와 고등어조림
그리고 성게미역국을 함께
맛볼 수 있는 놀라운 가성비의
갈치구이정식을 파는 곳
제주시 한경면 중산간서로 3651

맛있는 폴부엌 @paulkitchenjeju
양식과 제주 식자재의 근사한 만남
가게 이름은 오너셰프 황충현 씨의
호주 르 코르동 블루 유학 시절
영어 이름 '폴'을 따왔다
제주시 한경면 녹차분재로 568

4장 다정한 중산간 마을

저지오름 정상에서

별이 반짝이는 숲

제주시 한경면 청수리

끝없이 펼쳐진 바다로 제주를 연상하는 사람이 있다. 하지만 바다처럼 드넓은 푸른 숲이 펼쳐지는 마을도 있다. 밀려오는 파도처럼 넘실대는 나뭇잎으로 가득한 곳. 제주만의 숲을 만나러 청수리에 스며들었다.

청수리는 제주도 서쪽 내륙 한가운데에 자리하고 있다. 동네에서는 바다는 물론이고 작은 개울 하나 보이지 않았다. '맑고 깨끗한 물'이라는 마을의 이름이 무색할 정도였다. 지명의 유래에 관해서 정확한 기록은 없지만, 마을 어르신들과 이런저런 대화를 나누며 그 의미를 알게 되었다. 청수리, 물이 귀한 동네라 맑은 물이 필요하다는 소원을 담아 명칭을 결정했다고 한다.

청수리에서의 주된 일정은 곶자왈 탐방이었다. 곶자왈은 숲을 의

미하는 '곶'과 나무와 덩굴 등이 엉클어진 덤불을 일컫는 '자왈'이 합
쳐진 제주 고유어다. 용암이 흐르다 멈춰 굳어진 대지 위에 만들어진
숲이라 나무들은 흙 대신 돌무더기 사이로 뿌리를 뻗었다. 비가 내리
면 빗물은 땅 위에 고이지 않고 용암이 만들어낸 틈새로 스며들어 지
하로 흐른다. 사람이 마실 물을 찾기는 어렵지만, 바위 틈으로 인해
사시사철 일정한 습도가 유지된다. 바위 사이에서 내뿜는 지열로 온
도 변화가 적으므로 남방계 식물과 북방계 식물이 공존할 수도 있었
다. 곶자왈은 육지에서는 볼 수 없는 오직 제주만이 가진 특별한 숲
이다.

고래머들공원의 산책로
청수곶자왈 외에 고래머들공원과 산양곶자왈에서도 숲속 산책을 즐길 수 있다

쉴 새 없이 지저귀는 새들의 합창을 따라 청수곶자왈 안으로 향했다. 다른 곶자왈에 비해 탐방로가 넓고 잘 정비되어 있어서 걷기가 편했다. 알고 보니 소와 말을 운반하던 마을의 옛 목장길을 그대로 활용했기 때문이었다. 한때 가축들이 오갔던 길이 지금은 숲과 사람을 연결해주는 통로가 되었다. 나무뿌리가 움켜쥐고 있는 시커먼 돌무더기도 보였다. 돌의 틈새로 숲이 내뿜는 촉촉하고 안온한 숨결이 느껴졌다. 키 낮은 양치식물이 돌무더기 위를 뒤덮었고, 그 사이로 자라난 나무들은 생존을 위해 하늘로 구불구불한 줄기를 뻗어 올렸다. 어디에서도 보기 힘든 신비로운 풍경이었다.

마을에서 잠시 휴식을 취하다가 오후 5시에 웃뜨르빛센터로 향했다. 다른 반딧불이 체험 참가자들과 간단한 영상을 시청한 후 어두워지는 청수곶자왈로 들어갔다. 6월과 7월 초순까지만 만날 수 있는 반딧불이를 보기 위해서였다.

원활한 탐방을 위해서는 몇 가지 주의사항이 있었다. 반딧불이를 자극하지 않기 위해 어두운 옷을 입어야 하고, 핸드폰이나 카메라 플래시 등 불빛이 새어 나오지 않아야 한다. 진한 향수나 모기퇴치제를

뿌리는 것도 금지되며, 만약 손이나 도구로 반딧불이를 채집하는 경우에는 바로 퇴장 조처를 하니 유의해야 한다.

해가 저물수록 곶자왈은 완벽한 어둠 속으로 빨려 들어갔다. 혼자라면 방문할 엄두가 나지 않을 정도로 깊디깊은 밤이었다. 손전등 하나 없이 달빛에 의지해 걸어야 했지만 일행들이 있어 두렵지 않았다. 앞서 걷던 누군가가 나지막이 작은 탄성을 내뱉었다. 남몰래 숲을 밝히는 작은 빛들이 바로 그곳에 있었다.

나뭇가지 사이로 노란 불빛이 깜빡였다. 꼬마전구가 허공을 휘젓는 것처럼 앙증맞은 모습이었다. 몇 걸음 더 걸어 들어가자 반딧불이들이 숲의 곳곳에서 각자의 불빛을 내뿜었다. 느린 속도로 점멸하는 그 모습이 마치 하늘에 떠 있는 별빛이 숲속에서 반짝이는 듯 아스라하게 느껴졌다. 기대한 것만큼 많은 숫자는 아니었지만, 처음 마주하는 풍경은 동화 속을 연상시켰다.

◯ 반딧불이 체험이 가능한 시기는 해마다 다르지만 보통 6월에서 7월 초순 사이다. 매일 오후 5시부터 웃뜨르빛센터에서 선착순으로 체험 티켓을 발매하며, 대기 순번표 배부는 오후 4시부터 시작된다.

예술곳 산양 @artlab.sanyang
폐교된 산양초등학교를 리모델링하여 조성한 복합창작공간
레지던시 프로그램을 통하여 창작작품 전시 및 예술가와 주민 간의
지역연계 프로그램을 운영 중이다
제주시 한경면 중산간서로 3181

양가형제 @yangbrothersburger
오래된 마을회관 건물에 들어선 수제 햄버거 전문점
햄버거 외에 제주 양파로 튀겨내는 어니언링도 추천한다
레트로 감성이 더해져 더욱 재밌게 느껴지는 공간
제주시 한경면 청수동8길 3

반디왓 @bandiwat
청수곶자왈 습지 바로 옆 카페
제주에서 재배되는 유자인 댕유자로 만든 음료들을 추천한다
제주시 한경면 청수동7길 51

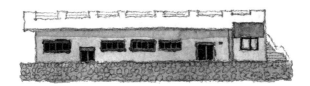

아파트먼트커피 @apartment_coffee
모던한 인테리어가 돋보이는 실내에서
녹색 가득한 풍경을
바라볼 수 있는 카페
2층은 청수리아파트라는
이름의 숙소로 운영되고 있다
제주시 한경면 청수서2길 96

청수미방 @chungsumibang.jeju
프렌치 가정식 레스토랑
트리플오픈샌드위치와
토마토미트볼스튜가 대표 메뉴다
제주시 한경면 낙수로 271-18

쫄븐갑마장길을 걷다

서귀포시 표선면 가시리

맑은 날이 계속 이어졌다. 느린 템포의 노래를 골라 듣게 되고, 자주 쓰는 물감이 블루에서 옐로우 오커로 바뀌는 계절. 돌담 위에 닿은 햇살이 바스락거리던 어느 가을날. 반드시 그래야만 한다는 다짐으로 가시리를 향해 달려갔다.

비자림로를 한참 달리다 제주에서 가장 사랑하는 드라이빙 코스인 녹산로에 접어들었다. 녹산로는 가시리 마을 입구에서 시작되는 대략 10킬로미터 정도의 조용한 2차선 도로다. 이 길이 가장 인기 있는 시기는 단연코 봄이다. 3월 말이면 도로 양옆으로 벚꽃과 유채꽃이 동시에 꽃망울을 터트리는데, 봄의 축복을 만끽하려는 수많은 사람이 이곳을 찾아온다.

하지만 나는 가을의 녹산로를 더 애정한다. 봄의 인파가 없는 한적한 도로는 시속 40킬로미터로 달려도 재촉하는 이가 없었다. 고요한 풍경 속에서 춤추듯 흔들리는 코스모스와 삼나무 숲 위로 손짓하는 풍력발전기만이 외로운 여행자를 반겨주었다. 벚꽃의 화려함도 유채꽃의 발랄함도 없지만, 마음 한구석을 툭 건드리는 가을의 아련한 서정이 좋았다.

가시리에는 갑마장길이라는 훌륭한 트레킹 코스가 있다. 예로부터 제주에서 생산하던 상급 말은 임금께 진상되었는데, 이를 '갑마'라고 불렀다. 갑마장길은 바로 그 갑마를 키워내던 목장의 흔적을 따라 만들어진 길이다. 전체 코스를 다 걸으면 넉넉잡아 7시간이 소요될 정도로 긴 편이라 10킬로미터로 단축한 코스인 '쫄븐갑마장길'이 걷기에 부담스럽지 않다. 제주말로 '쫄븐'은 '짧다'라는 의미다. 이마저도 길다고 느껴진다면 따라비오름에서 출발해 가시리의 들판을 지나 유채꽃프라자까지 이어지는 3킬로미터 핵심 구간을 걸어보길 권한다.

가을빛이 완연한 따라비오름에서 트레킹을 시작했다. 10분 정도면 오를 수 있는 그리 크지 않은 오름이지만, 가파른 계단 구간이 있어 정상에 도착할 때는 적당히 숨이 차올랐다. 따라비오름에는 무려 3개의 분화구가 있다. 오름의 능선은 그들이 겹쳐지며 만든 아름다운 곡선으로 이루어졌다. 때마침 피어난 은빛 억새가 가을바람에 일렁였다. 조화로운 풍경을 보고 있으니 이 오름이 억새가 아름다운 곳으로 손꼽히는 이유가 이해되었다.

길은 오름을 지나 키 큰 삼나무 숲으로 계속 이어졌다. 나무가 만든 시원한 그늘로 걷다 옆으로 고개를 돌리니, 누군가 쌓아놓은 키 낮은 돌담 '잣성'이 보였다. 오래전 돌담을 쌓아 목장의 경계를 표시한 것이라고 하는데, 말로만 듣던 갑마장의 흔적이었다.

방목 중인
말

들판 위에 늠름히 서 있는 풍력발전기를 지나

마침내 유채꽃프라자에 도착했다.

외부 계단을 통해 건물 옥상 전망대에 올라섰다.

은빛 억새 가득한 가시리의 너른 들판,

그리고 풍력발전단지가 시원하게 펼쳐졌다.

떠나오기 전 허전했던 마음은 어느새 풍성하고

아름다운 자연으로 꽉 채워졌다.

그 가을, 가시리라 다행이다.

가시리 마을 풍경

유채꽃프라자
@canolaplaza1665

마을에 활기를 불어넣기 위해
가시리 영농조합법인에서 만든 공간
숙소와 식당, 카페 등의 시설을
운영한다
서귀포시 표선면 녹산로 464-65

자연사랑미술관

옛 가시초등학교 건물을 활용해 만든 사진 갤러리
제주의 사계절을 담은 서재철 작가의 작품을 관람할 수 있다
서귀포시 표선면 가시로613번길 46

조랑말체험공원 @e_zis_horse

제주도의 말 문화에 대한 이해를
돕고 체험할 수 있는 공간
말 박물관과 카페, 아트숍,
승마 체험 등을 운영한다
서귀포시 표선면 녹산로 381-17

나목도식당

오름을 사랑한 故김영갑 작가가
즐겨 찾았던 식당
삼겹살도 맛있지만 모자반이 들어간
팥죽처럼 걸쭉한 순대백반이 인상적이다
서귀포시 표선면 가시로613번길 60

가시식당

두루치기가 맛있는 식당
서비스로 나오는 순대국도 일품이다
서귀포시 표선면 가시로565번길 24

모드락572

포근한 분위기의 로스터리 카페
카페 이름의 572는 주소에서 따온 것이다
서귀포시 표선면 가시로 572

깡카페

가시리 마을의 작은 카페
건물의 외관은 커피만 팔 것 같은데,
흑돼지가 들어간 피자와 치아바타가
의외로 맛있다
서귀포시 표선면 가시로565번길 18

소원 가득한 오름의 마을

제주시 구좌읍 송당리

동쪽으로 이동하다가 옛 추억이 많은 송당리에 들렀다. 제주가 낯설었던 시절에 버스를 타고 몇 개의 오름을 지나 송당리에 처음 왔었다. 생각해보니 바다가 보이지 않는 중산간 마을에 며칠이고 오래 머물렀던 것은 송당리가 처음이었다.

만약 당신이 도심의 복잡함과 관계의 고단함에서 잠시 벗어나고자 여정을 시작한 여행자라면, 송당리는 그 목적에 완벽히 부합하는 곳이다. 마음을 씻어주는 아침 안개가 사랑스럽게 피어오르고, 마을의 고요함을 닮은 작은 책방이 있는 곳. 카페에 앉아 바람에 흔들리는 숲을 바라보며 오롯이 혼자만의 시간을 보내기 좋다.

송당리는 오름을 좋아하는 사람들에게는 더욱 친숙하다. 가까이 솟아 있는 당오름을 비롯하여 체오름, 높은오름, 안돌오름 등 20여 개의 오름이 마을을 호위하듯 에워싸고 있다. 제주 동쪽 오름군을 둘러보고자 하는 이들의 훌륭한 베이스캠프가 되어준다. 섬 안에 오름이 하나도 없는 마을이 있다는 점을 감안하면, 송당리를 오름의 왕국이라 부르는 것은 결코 지나친 표현이 아니다.

그중 당오름은 송당리와 가장 가까운 오름이다. 마을 안에서 도보로 15분 정도면 갈 수 있기 때문에, 운동 삼아 아침 산책으로 다녀오기 좋다. 당오름은 송당리를 설명하기 위해 꼭 필요한 존재라고 할

송당본향당

수 있다. 오름 기슭에 신을 모시는 당집이 있어 당오름이라는 이름이 붙었는데, 이곳에는 다른 마을의 여느 신과 차원이 다른 대단한 어르신이 모셔져 있다.

　제주는 1만 8,000명의 신이 존재한다고 할 만큼 마을마다 모시는 신이 다르다. 그 신들도 각자 계보가 있는데, 송당리 당오름에는 제주 신들의 어머니라 불리는 백주또(금백조) 할망을 모시고 있다. 송당리는 남신男神 소로소천국과 여신女神 백주또가 결혼해 터를 잡은 곳이다. 그 사이에서 18명의 아들과 28명의 딸이 태어났고, 그 자손들이 제주도 곳곳으로 뻗어나가 368개 마을의 당신이 되었다는 전설이 전해진다. 송당리는 가장 큰 어르신인 백주또 할망의 제가 치러지는 곳이다. 그래서인지 오래전부터 간절한 소원을 품은 이들이 마을을 찾아왔다. 이곳을 감히 제주 토속 신앙의 뿌리라고 말할 수 있는 이유다.

송당리에 오니 오름에 가고 싶어졌다. 제주에 머물면서 수없이 오름에 올랐지만, 각 오름이 내게 주는 기운은 언제나 달랐다. 어떤 곳에서는 마음을 쉬고 어떤 곳에서는 우울을 식히고 어떤 곳에서는 들뜬 마음을 숨길 수 없었다. 그날 나는 마을을 둘러싼 수많은 오름들 중 비고가 약 50미터로 그리 높지 않은 아부오름을 오르기로 선택했다. 키 낮은 오름이라 10분이면 쉽게 올라갈 수 있었지만, 정상에서 바라본 풍경은 절대 평범하지 않았다. 아부오름은 높이에 비해 굼부리가 무척 넓어 오름 위를 한 바퀴 돌아볼 수 있는 탐방로의 길이가 무려 1.5킬로미터나 되었다. 멀리서 바라보니 굼부리 전체의 모습이 마치 거대한 대접이나 도넛 같았다. 그 중심에는 마을 사람들이 공공 목장을 운영하며 식재했던 삼나무들이 동그랗게 군락을 이루고 있어 풍경에 특별함을 더했다. 자연에 삶이 더해진 것이다.

송당리의 아부오름은 누구에게나 친절하지만 누구보다 넓고 깊은 굼부리를 품고 있었다. 문득 닮고 싶다는 생각이 들었다. 겉으로 드러난 모습은 화려하지 않지만 자신만의 안온한 숲을 품고 있는 저 오름을.

4장 다정한 중산간 마을

아부오름

서실리책방 @seosilli_books
새 책보다 헌 책을 사랑하는 책방
예술에 관련된 책들이 많다
제주시 구좌읍 중산간동로 2262

풍림다방 @pung_lim_dabang
작은 건물에 있던 풍림다방이
확장 이전했다
시그니처 메뉴인 풍림브레붸는
고소하고 부드러웠다
제주시 구좌읍 중산간동로 2267-4

파앤이스트 @farandeast
감각적인 소품을 파는
라이프 스타일 브랜드숍
50미터 정도 떨어진 곳에 파앤이스트
가구숍이 따로 운영되고 있다
제주시 구좌읍 중산간동로 2263

술의 식물원 @sulsik_story
술과 커피를 함께 파는
낮술하기 좋은 곳
녹색으로 가득한 친근한 공간이
매력적이다
제주시 구좌읍 중산간동로 2253

으뜸미

로컬 맛집이었으나
이제는 여행자들도 많이 찾아온다
튀긴 우럭 위에 비법 간장소스를
얹은 우럭정식이 특별하다
제주시 구좌읍 중산간동로 2287

송당의 아침 @songdang_morning

귀여운 외모가 시선을 사로잡는
작은 빵집
아침 9시에 오픈한다
제주시 구좌읍 중산간동로 2254

키치니토키친 @kichinito_kitchen

매장에서 직접 훈연한 베이컨을 기반으로 호주식 브런치 메뉴를 선보이는 곳
모던하고 깔끔한 내부와 환상적인 플레이팅을 자랑한다
제주시 구좌읍 송당5길 18

온 힘을 다해 피어나리

제주시 조천읍 선흘리

    제주에는 대흘리, 와흘리 등 육지에서 흔히 보기 힘든 이름의 마을들이 있다. 이름 속 글자 '흘'은 제주말로 깊은 숲을 의미한다. 선흘리역시 제주의 깊은 숲 곶자왈을 품고 있는 마을이다. 겨울의 끝자락에선흘리로 왔다. 모든 생명이 잠시 쉬어가는 계절이었지만, 선흘리는겨울을 한 번도 겪어보지 못했다는 듯이 푸른 생명력으로 가득했다.이곳은 결핍의 계절에 더 아름다워진다.

    마을의 자랑인 동백동산에 들어섰다. 숲의 이름이 동백동산인데정작 동백나무는 눈에 잘 보이지 않았다. 거슬러 올라가 1960년대까지만 해도 주민들은 곶자왈에서 땔감을 구했다고 한다. 땔감이 모자라도 선흘리 주민들은 동백나무를 자르지 않았다. 씨앗에서 추출하는 동백기름이 그들의 생활에 보탬이 되었기 때문이다. 나중엔 동백나무만 많이 남아 '동백동산'이라는 이름이 붙었다. 그 후 40여 년의

시간이 더 흘렀고, 곶자왈의 식생은 태초의 모습을 복원했다. 빠르게 자라난 나무들이 햇빛을 독차지했고, 동백나무도 생존을 위해 어쩔 수 없이 키를 키웠다. 숲 안에서 만나는 동백나무들은 하나같이 다들 키다리 아저씨가 되어 있었다.

숲길을 걷다가 자연 습지 '먼물깍'을 발견했다. 물이 귀한 중산간에 이렇게 큰 물통이 자연적으로 생겼다는 사실이 신기했다. 동백동산은 2011년 람사르습지에, 2014년에는 세계지질공원 명소에 지정되었는데, 용암이 굳은 암반 위에 형성된 습지라는 가치를 인정받은 결과였다. 먼물깍이라는 이름은 마을에서 멀리 떨어져 있다는 '먼물'과 끄트머리라는 뜻의 '깍'을 더해 만들어졌다. 1970년대 초에 마을에 공동 수도가 들어오기 전까지만 해도 동백동산 습지의 물은 주민들의 식수로 이용되었다.

아름다운 선흘리는 근래 새로운 활기를 펼치고 있다. 2010년 이후로 선흘리의 아름다운 자연과 그 가치를 지키려는 마을 사람들의 긍정적인 분위기에 이끌려 젊은 세대의 이주가 점차 증가하기 시작했다. 함덕초등학교 선흘분교는 2014년까지만 해도 학생 수가 20명에 불과해 폐교 논의까지 나오던 곳이었지만, 2021년 7월 기준으로 학생수가 110명까지 늘어나 지금은 본교로의 승격이 추진되고 있다.

먼물깍

이 마을의 가치를 알아준 마을 사람들 덕분에 더 많은 사람들이 그 가치를 깨달을 수 있었다.

그런 선흘리에도 역사의 상처는 깊게 남았다. 마을 안에 남겨진 낙성동 4·3 성터에서 마을에 닥쳤던 비극의 역사를 자세히 들여다볼 수 있었다. 낙성동 성터는 4·3 사건 당시 마을의 재건을 위해 토벌군에 의해 세워졌다. 무장대를 차단하고 감시한다는 명분으로 지어졌지만, 사실상 마을 주민을 효율적으로 통제하기 위한 수용소로 사용되었다. 좁은 건물 안에 수용된 주민들은 낮에는 밭에서 노동을, 밤에는 보초를 서며 목숨을 이어갔다.

마을을 걷다가 보니 묘한 외모의 커다란 후박나무 한 그루가 눈에 띄었다. 자연히 그 앞에 걸음이 멈췄다. 나무에는 불카분낭이라는 별명이 붙어져 있었다. 제주말로 '불에 탄 나무'라는 뜻이다. 푸른 잎을 틔우고 있어 얼핏 멀쩡해 보였지만, 가까이 다가가 살펴보니 놀랍게도 상처투성이였다. 나무 밑동에는 커다란 구멍이 뚫려 속이 훤히 보였고, 아직도 그을린 흔적이 선명히 남아 과거의 아픔을 엿볼 수 있었다.

불카분낭에 얽힌 이야기에는 약간의 논란이 있다. 4·3 사건 당시 초토화 작전으로 인해 선흘리의 집들이 거의 다 불타 없어졌다고 한다. 그때 불이 옮겨붙으며 나무도 함께 화를 입었다는 것이다. 하지만 4·3 사건과 관계없이 담뱃불로 화재가 발생했다는 주민들의 의견도 있으니 함부로 단정 짓기란 어렵다.

중요한 사실은 몸의 절반이 새카맣게 타버렸음에도 나무는 남은 절반의 생명력을 부여잡고 기어코 다시 살아났다는 것이다. 쓰러질 듯 위태로운 몸 위에 새롭게 잎을 틔워낸 모습이 불타버린 터에 재건된 선흘리의 평화로운 풍경과 겹쳐 보였다. 나무가 내어준 짙은 그늘 아래에 앉았다. 온 힘을 다해 오늘을 살아갈 용기를 얻었다.

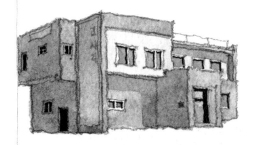

고사리식당
고등어구이가 기본으로 나오는
가성비 좋은 식당
고사리가 들어가는 갈치조림이
대표 메뉴다
제주시 조천읍 번영로 1680

올티스 @orteasfarm
거문오름 가는 길에 있는 티하우스
다도 체험을 예약하면 농장에서
수확하고 생산한 유기농 녹차,
홍차, 호지차, 말차를
맛볼 수 있다
제주시 조천읍 거문오름길 23-58

선흘곶
고등어구이와 돔베고기가 함께 나오는 쌈밥정식이 만족스러운 곳
제주시 조천읍 동백로 102

상춘재

청와대 요리사 경력의 셰프가 차린
건강한 한 상
통영멍게비빔밥, 돌문어비빔밥
등의 맛깔나는 한식을
맛볼 수 있지만
입소문을 타며 웨이팅이 심해졌다
제주시 조천읍 선진길 26

카페 동백 @minyoung_dongbaek

창밖으로 보이는 포근한 풍경으로
유명한 카페
동백동산 바로 옆에 있다
제주시 조천읍 동백로 68

카페 세바 @cafeseba

선흘리 마을 깊숙한 곳의 고요하고 아늑한 공간이 인상적인 카페
아침으로 간편하게 먹기 좋은 제주보리빵을 판다
제주시 조천읍 선흘동2길 20-7

그 섬 속에 다시 포개어질 시간들

비 내리던 2016년 여름. 서울의 작은 반지하 자취방에서 제주의 풍경을 담은 첫 책을 썼다. 그때는 몇 년 후 이렇게 제주의 이야기를 담은 단행본을 다시 펴낼 거라고는 상상하지 못했다. 더 이상 섬 안에 취재거리가 많이 남아 있지 않으리라는 생각 때문이었다.

그로부터 5년의 시간이 흘렀다. 다행스럽게도 섣부른 예상은 보기 좋게 빗나갔다. 꾸준히 피고 지는 동백꽃처럼 하나의 여행이 끝날 때마다 가보아야 할 곳, 담아내야 할 이야기가 마음속에 새롭게 피어났다. 편협한 시각으로 성급히 섬을 이해하려 했던 내 모습이 부끄러웠다.

결국 이야기는 모두 길 위에 있었다. 섬을 그저 관광지로 바라보는 단편적인 시각에서 벗어나고 싶어 마을 안 올레와 푸르른 밭담길을

걸었다. 드센 바람에 흔들리고 뙤약볕에 찡그리기도 했지만, 그럼에
도 걷고 그리는 것을 멈추지 않았다. 언젠가부터 멈춰 서는 것이 어
색하지 않게 되었다. 한 장의 그림을 그리며 풍경이 말을 걸어올 때
를 기다릴 줄 아는 여행자가 되었다. 그 느린 여행의 결과물로 수십
권의 스케치북이 남았다.

　아직 가보지 못한 마을이 많다. 그 사실에 아쉬움보다는 안도감을
느낀다. 새삼 제주도가 무척 큰 섬이라는 것을 깨닫는다. 다음 여행
에는 가방에 간식거리를 넉넉히 챙겨 가야겠다. 석양에 붉게 물들어
가는 돌담길에서 혹은 벚꽃이 흩날리는 오름 기슭에서 당신을 우연
히 만나게 될지도 모르니.

from. 리모

네가 다시 제주였으면 좋겠어

초판 1쇄   2021년 10월 20일
초판 3쇄   2022년 10월 20일

지은이   리모 김현길

발행인   유철상
기획   조종삼
편집장   홍은선
책임편집   정유진
디자인   노세희, 주인지
마케팅   조종삼
콘텐츠   강한나

펴낸곳   상상출판
출판등록   2009년 9월 22일(제305-2010-02호)
주소   서울특별시 성동구 뚝섬로17가길 48, 성수에이원센터 1205호(성수동2가)
전화   02-963-9891(편집), 070-7727-6853(마케팅)
팩스   02-963-9892
전자우편   sangsang9892@gmail.com
홈페이지   www.esangsang.co.kr
블로그   blog.naver.com/sangsang_pub
인쇄   다라니
종이   ㈜월드페이퍼

ISBN 979-11-6782-033-4 (03810)
ⓒ2021 리모 김현길